LES NOUVEAUX
RUDIMENS
DE LA LANGUE LATINE,

Premierement faits par le R. Pere

ANNIBAL CODRET,

De la Compagnie de JESUS ;

Et depuis augmentez de quelques noms, pour servir d'Exemples dans chaque Declinaison : des Conjugaisons des Verbes Neutres, Deponens, & Communs : Avec les formaisons à côté de chaque temps des Verbes, & les Parties d'Oraison plus intelligibles.

NOUVELLE E'DITION.

REVEUS, CORRIGEZ, ET AUGMENTEZ en cette derniére Edition.

A l'usage du College des RR. PP. Jesuites.

A PARIS,
Chez la Veuve de SIMON BE'NARD, ruë saint Jacques, vis-à-vis le College de Loüis le Grand.

M. DC. XCV.
AVEC PRIVILEGE DU ROY.

LES NOUVEAUX RUDIMENS DE LA LANGUE LATINE,

Augmentez de plusieurs choses necessaires & utiles à la Jeunesse.

LES PARTIES D'ORAISON.

IL Y A huit sortes de mots, que l'on appelle Parties d'Oraison, à sçavoir, le Nom, le Pronom, le Verbe, le Participe, l'Adverbe, la Preposition, la Conjonction & l'Interjection.

Le Nom, le Pronom & le Participe se declinent; le Verbe se conjugue.

Les quatre autres Parties d'Oraison ne se declinent pas; & ne reçoivent aucun changement; à sçavoir, l'Adverbe, la Preposition, la Conjonction & l'Interjection.

DU NOM.

LE Nom est une Partie d'Oraison, ou un mot qui sert à nommer les Personnes ou les choses; & qui se decline par *Cas*.

Il y a deux sortes de Nom, à sçavoir le Substantif, & l'Adjectif.

Le nom Substantif, est un nom qui signifie la mesme chose, & c'est d'un seul genre, ou quelquefois de deux.

Exemple. *Hic Rex*, le Roy. *Hic vel hæc Princeps*, le Prince, ou la Princesse.

Il y a deux ſortes de Subſtantifs : à ſçavoir le Propre & l'Appellatif.

Le nom Propre eſt un nom qui ne convient qu'à une ſeule choſe. Exemple, *Hic Ludovicus*, Louïs ; *Hæc Anna*, Anne.

Le nom Appellatif eſt un nom qui convient à pluſieurs choſes : Exemple, *Hoc Regnum*, Royaume. *Hoc Sceptrum*, Sceptre. Ces noms conviennent à pluſieurs Royaumes, & à pluſieurs Sceptres.

Le nom adjectif, eſt un nom qui ſignifie la qualité de la choſe, & eſt de trois genres, ſous une, ou deux, ou trois Terminaiſons.

Exemple, *Hic & hæc, & hoc Felix*, Heureux. *Hic & hæc ſuavis & hoc ſuave*, Doux. *Hic juſtus, hæc juſta, hoc juſtum*, juſte.

Il y a trois Genres, le Maſculin, le Feminin, le Neutre ; d'où il s'en forme trois autres : le Commun, le Douteux, le Confus, ou Epicene.

Hic, marque le Genre Maſculin : *Hæc*, le Feminin : *Hoc*, le Neutre. *Hic vel hæc, hic vel hoc, hæc vel hoc*, marquent le genre douteux : *Hic & hæc*, ſignifient le genre Commun.

Le nom commun, eſt un nom Appellatif, lequel ſous une terminaiſon, mais ſous divers genres, ſignifie tantoſt le maſle, & tantoſt la femelle. Exemple, *Hic Princeps*, le Prince ; *hæc Princeps*, la Princeſſe. *Hic prudens*, prudent : *hæc prudens*, prudente.

Le genre confus ou Epicene, eſt celuy des Noms qui ſignifient le maſle & la femelle, ſous un ſeul genre, ſoit maſculin, ſoit feminin, ou neutre. Exemple, *Hic lepus*, un liévre maſle ou femelle. *Hæc aquila*, un aigle, ou une aigle, le maſle ou la femelle.

Il y a deux Nombres, le Singulier & le Plurier. Le nombre Singulier ne ſignifie qu'une ſeule choſe. Exemple, *Miles* le ſoldat. Le nombre Plurier en ſignifie pluſieurs. Exemple, *Milites*, les ſoldats.

Il y a ſix Cas, le Nominatif, le Genitif, le Datif, l'Accuſatif, le Vocatif, l'Ablatif.

Tous ces Cas, hors le Nominatif, s'appellent obliques, & ſont formez du Genitif ſingulier, (excepté le Vocatif ſingulier.)

LES DECLINAISONS DES NOMS.

Il y a cinq Declinaisons des Noms, distinguées par le Genitif & le Datif.

La premiere fait le genitif en *æ*, ou *es*; & le datif en *æ*. La Seconde fait le genitif en *i*, & le datif en *o*. La troisiéme fait le genitif en *is*, & le datif en *i*. La Quatriéme fait le genitif en *ûs*, & le datif en *ui*. La Cinquiéme fait le genitif & le datif en *ei*.

LA PREMIERE DECLINAISON.

La premiere Declinaison a quatre genres, le Masculin, le Feminin, le Neutre, & le Commun.

Elle a quatre terminaisons, *a*, *as*, *e*, *es*.

SINGULIER.	PLURIER.
Le Genitif se termine en *æ* diphtongue, ou en *es*.	Le Nominatif plurier se termine en *æ* diphtongue.
Le Datif en *æ* diphtongue.	Le Genitif en *arum*.
L'Accusatif en *am*, *an*, *en*,	Le Datif & l'Ablatif en *is*, quelquefois en *abus*.
Le Vocatif en *a*, ou *e*	L'Accusatif en *as*.
L'Ablatif en *a*, ou *e*.	Le Vocatif est semblable au Nominatif plurier.

Parce qu'il y a plusieurs terminaisons dans la premiere Declinaison, il en faut decliner plusieurs noms.

SINGULARITER.

Nominativo, *hæc* Musa,	*la Muse.*
Genitivo, *hujus* Musæ,	*de la Muse.*

Dativo, *huic* Musæ, *à la Muse.*
Accusativo, *hanc* Musam, *la Muse.*
Vocativo, *ô* Musa, *ô Muse.*
Ablativo, *ab hac* Musâ, *de la Muse.*

PLURALITER.

Nominativo, *hæ* Musæ, *les Muses.*
Genitivo, *harum* Musarum, *des Muses.*
Dativo, *his* Musis, *aux Muses.*
Accusativo, *has* Musas, *les Muses.*
Vocativo, *ô* Musæ, *ô Muses.*
Ablativo, *ab his* Musis, *des Muses.*

Ainsi se declinent les autres noms de semblable terminaison, quoique d'autres genres, comme Hic Poëta, *Poëte, &c.*

Quelques noms font leur Datif & leur Ablatif pluriers en abus, *comme* Hæc Filia, *une fille*, &c.

SINGULARITER.

Nominativo, *hæc* Penelope, *Penelope.* Genitivo, *hujus* Penelopes, *de Penelope.* Dativo, *huic* Penelope, *à Penelope.* Accusativo, *hanc* Penelopen, *Penelope.* Vocativo, *ô* Penelope, *ô Penelope.* Ablativo, *ab hac* Penelope, *de Penelope.* Plurali caret, *Il n'a point de plurier.*

SINGULARITER.

Nominativo, *hic* Æneas, *Enée.* Genitivo, *hujus* Æneæ, *d'Enée.* Dativo, *huic* Æneæ, *à Enée.* Accusativo, *hunc* Æneam, *vel* Ænean, *Enée.* Vocativo, *ô* Ænea, *ô Enée.* Ablativo, *ab hoc* Æneâ, *d'Enée. Il n'a point de Plurier.*

SINGULARITER.

Nominativo, *hic* Anchises, *Anchise.* Genitivo, *hujus* Anchisæ, *d'Anchise.* Dativo, *huic* Anchisæ, *à Anchise.* Accusativo, *hunc* Anchisen, *Anchise.* Vocativo, *ô* Anchise, *ô Anchise.* Ablativo, *ab hoc* Anchise, *d'Anchise. Il n'a point de Plurier.*

Parce que les noms propres n'ont point de Plurier. (Si ce n'est qu'ils soient pris pour communs & appellatifs.)

LA SECONDE DECLINAISON.

La ſeconde Declinaiſon a quatre genres ; le Maſculin, le Feminin, le Neutre, & le Commun.

Elle a ſix terminaiſons, *er*, *ir*, *ur*, *eus*, *us*, *um*.

SINGULIER.	PLURIER.
Le Genitif ſe termine en *i*.	Le Nominatif plurier ſe termine en *i*, ou s'il eſt neutre, en *a*.
Le Datif & l'Ablatif en *o*.	Le Genitif en *orum*.
L'Accuſatif en *um*.	Le Datif en *is*.
Le Vocatif ſemblable au Nominatif.	L'Accuſatif en *os*, ou s'il eſt neutre en *a*.
mais les noms en *us*, ont *e*.	Le Vocatif plurier eſt ſemblable au Nominatif.
& les propres en *ius*, ont *i*.	L'Ablatif eſt de meſme que le Datif.

SINGULARITER.

NOminativo, *hic* Dominus,	*le Seigneur.*
Genitivo, *hujus* Domini,	*du Seigneur.*
Dativo, *huic* Domino,	*au Seigneur.*
Accuſativo, *hunc* Dominum,	*le Seigneur.*
Vocativo, *ô* Domine,	*ô Seigneur.*
Ablativo, *ab hoc* Domino,	*du Seigneur.*

PLURALITER.

Nominativo, *hi* Domini,	*les Seigneurs.*
Genitivo, *horum* Dominorum,	*des Seigneurs.*
Dativo, *his* Dominis.	*aux Seigneurs.*
Accuſativo, *hos* Dominos,	*les Seigneurs.*
Vocativo, *ô* Domini,	*ô Seigneurs.*
Ablativo, *ab his* Dominis,	*des Seigneurs.*

Les noms propres en ius *font le Vocatif en* i, *comme* Virgilius, *vocatif*, Virgili. Pompeius, *vocatif*, Pompei.

SINGULARITER.

NOminativo, *hic* Virgilius, *Virgile.* Genitivo, *hujus* Virgilii, *de Virgile.* Dativo, *huic* Virgilio, *à Virgile.*

Accusativo, *hunc* Virgilium, *Virgile.* Vocativo, ô Virgili, ô *Virgile.* Ablativo, *ab hoc* Virgilio, *de Virgile.* Plurali caret. *Il n'a point de Plurier.*

SINGULARITER.

NOminativo, *hic* Magister, *le Maistre.* Genitivo, *hujus* Magistri, *du Maistre.* Dativo, *huic* Magistro, *au Maistre.* Accusativo, *hunc* Magistrum, *le Maistre.* Vocativo, ô Magister, ô *Maistre.* Ablativo, *ab hoc* Magistro, *du Maistre.*

PLURALITER. Nominativo, *hi* Magistri, *les Maistres.* Genitivo, *horum* Magistrorum, *des Maistres.* Dativo, *his* Magistris, *aux Maistres.* Accusativo, *hos* Magistros, *les Maistres.* Vocativo, ô Magistri, ô *Maistres.* Ablativo, *ab his* Magistris, *des Maîtres.*

SINGULARITER.

NOminativo, *hic* Theseus, *Thesée.* Genitivo, *hujus* Thesei, *de Thesée.* Dativo, *huic* Theseo, *à Thesée.* Accusativo, *hunc* Theseum, *vel* Thesea, *Thesée.* Vocativo, ô Theseu, ô *Thesée.* Ablativo, *ab hoc* Theseo, *de Thesée.* *Il n'a point de plurier.*

SINGULARITER.

NOminativo, *hic* Vir, *l'Homme.* Genitivo, *hujus* viri, *de l'homme.* Dativo, *huic* viro, *à l'homme.* Accusativo, *hunc* virum, *l'homme.* Vocativo, ô vir, ô *homme.* Ablativo, *ab hoc* viro, *de l'homme.*

PLURALITER. Nominativo, *hi* Viri, *les hommes.* Genitivo, *horum* virorum, *des hommes.* Dativo, *his* viris, *aux hommes.* Accusativo, *hos* viros, *les hommes.* Vocativo, ô viri, ô *hommes.* Ablativo, *ab his* viris, *des hommes.*

SINGULARITER. Nominativo, *hic* satur, *saoul.* Genitivo, *hujus* saturi, &c. *comme dessus.*

SINGULARITER.

NOminativo, *hoc* Templum, *le Temple.* Genitivo, *hujus* Templi, *du Temple.* Dativo, *huic* Templo, *au Temple.* Accusativo, *hoc* Templum, *le Temple.* Vocativo, ô Templum, ô *Temple.* Ablativo, *ab hoc* Templo, *du Temple.*

PLURALITER. Nominativo, *hæc* Templa, *les Temples.* Genitivo, *horum* Templorum, *des Temples.* Dativo, *his* Templis, *aux Temples.* Accusativo, *hæc* Templa, *les Temples.* Vocativo, *ô* Templa, *ô Temples.* Ablativo, *ab his* Templis, *des Temples.*

Adjectifs de la premiere & seconde Declinaison. De la 2. pour le masculin & neutre, & de la 1. pour le feminin.

SINGULARITER.

NOminativo, Bonus, bona, bonum, *le bon & la bonne.* Genitivo, boni, bonæ, boni, *du bon & de la bonne.* Dativo, bono, bonæ, bono, *au bon & à la bonne.* Accusativo, bonum, bonam, bonum, *le bon, & la bonne.* Vocativo, *ô* bone, bona, bonum, *ô bon,* & *ô bonne.* Ablativo, à bono, bonâ, bono, *du bon & de la bonne.*

PLURALITER. Nominativo, boni, bonæ, bona, *les bons & les bonnes.* Genitivo, bonorum, bonarum, bonorum, *des bons & des bonnes.* Dativo, bonis, *aux bons & aux bonnes.* Accusativo, bonos, bonas, bona, *les bons & les bonnes.* Vocativo, *ô* boni, bonæ, bona, *ô bons & ô bonnes.* Ablativo, à bonis, *des bons & des bonnes.*

LA TROISIE'ME DECLINAISON.

La troisiéme Declinaison a quatre genres; le Masculin, le Feminin, le Neutre, & le Commun.

Elle a pour l'ordinaire neuf terminaisons, *a, e, o, l, n, r, s, t, x.*

SINGULIER.	PLURIER.
Le Genitif se termine en *is*, le Datif en *i.*	Le Nominat. plurier se termine en *es*; mais au Neutre, en *a.*
L'Accusatif en *em.*	Le Genitif est en *um*, ou *ium.*
Le Vocatif semblable au Nominatif.	Le Datif & l'Ablatif en *ibus.*
	L'Accusatif en *es.*
L'Ablatif en *e*, ou *i.*	Le Vocatif comme le Nominat.

Les Neutres ont le Nominatif, l'Accusatif & le Vocatif semblables, au Singulier & au plurier.

SINGULARITER.

NOminativo, *hoc* Cubile, *le lit*. Genitivo, *hujus* cubilis, *du lit*. Dativo, *huic* cubili, *au lit*. Accusativo, *hoc* cubile, *le lit*. Vocativo, *ô* cubile, *ô lit*. Ablativo, *ab hoc* cubili, *du lit*.

PLURALITER. Nominativo, *hæc* cubilia, *les lits*. Genitivo, *horum* cubilium, *des lits*. Dativo, *his* cubilibus, *aux lits*. Accusativo, *hæc* cubilia, *les lits*. Vocativo, *ô* cubilia, *ô lits*. Ablativo, *ab his* cubilibus, *des lits*.

SINGULARITER.

NOminativo, *hic* Pater, *le Pere*. Genitivo, *hujus* Patris, *du Pere*. Dativo, *huic* Patri, *au Pere*. Accusativo, *hunc* Patrem, *le Pere*. Vocativo, *ô* Pater, *ô Pere*. Ablativo, *ab hoc* Patre, *du Pere*.

PLURALITER. Nominativo, *hi* Patres, *les Peres*. Genitivo, *horum* Patrum, *des Peres*. Dativo, *his* Patribus, *aux Peres*. Accusativo, *hos* Patres, *les Peres*. Vocativo, *ô* Patres, *ô Peres*. Ablativo, *ab his* Patribus, *des Peres*.

SINGULARITER.

NOminativo, *hic & hæc* Homo, *l'homme & la femme*. Genitivo, *hujus* hominis, *de l'homme & de la femme*. Dativo, *huic* homini, *à l'homme & à la femme*. Accusativo, *hunc & hanc* hominem, *l'homme & la femme*. Vocativo, *ô* homo, *ô homme & ô femme*. Ablativo, *ab hoc & ab hac* homine, *de l'homme & de la femme*.

PLURALITER. Nominativo, *hi & hæ* homines, *les hommes & les femmes*. Genitivo, *horum & harum* hominum, *des hommes & des femmes*. Dativo, *his* hominibus, *aux hommes & aux femmes*. Accusativo, *hos & has* homines, *les hommes & les femmes*. Vocativo, *ô* homines, *ô hommes, & ô femmes*. Ablativo, *ab his* hominibus, *des hommes & des femmes*.

SINGULARITER.

NOminativo, *hoc* Tempus, *le Temps*. Genitivo, *hujus* temporis, *du temps*. Dativo, *huic* tempori, *au temps*. Accusativo, *hoc* tempus, *le temps*. Vocativo, *ô* tempus, *ô temps*. Ablativo, *ab hoc* tempore, *du temps*.

PLURALITER. Nominativo, *hæc* Tempora, *les Temps*. Genitivo, *horum* temporum, *des temps*. Dativo, *his* temporibus, *aux temps*. Accusativo, *hæc* tempora, *les temps*. Vocativo, *ô* tempora, *ô temps*. Ablativo, *ab his* temporibus, *des temps*.

SINGULARITER.

NOminativo, *hoc* Diadema, *Diadême, ou Bandeau Royal*. Genitivo, *hujus* diadematis, *du diadême*. Dativo, *huic* diademati, *au diadême*. Accusativo, *hoc* diadema, *le diadême*. Vocativo, *ô* diadema, *ô diadême*. Ablativo, *ab hoc* diademate, *du diadême*.

PLURALITER. Nominativo, *hæc* Diademata, *les Diadêmes, ou Bandeaux Royaux*. Genitivo, *horum* diadematum *des diadêmes*. Dativo, *his* diadematibus, (*vel* diadematis) *aux diadêmes*. Accusativo, *hæc* diademata, *les diadêmes*. Vocativo, *ô* diadematá, *ô diadêmes*. Ablativo, *ab his* diadematibus, (*vel* diadematis,) *des diadêmes*.

Adjectifs de la troisiéme Declinaison.

SINGULARITER.

NOminativo, *hic & hæc & hoc* Felix, *l'heureux*. Genitivo, *hujus* felicis, *de l'heureux*. Dativo, *huic* felici, *à l'heureux*. Accusativo, *hunc & hanc* felicem, *& hoc* felix, *l'heureux*. Vocativo, *ô* felix, *ô heureux*. Ablativo, *ab hoc & ab hac & ab hoc* felice, *vel* felici, *de l'heureux*.

PLURALITER. Nominativo, *hi & hæ* felices, & *hæc* felicia, *les heureux*. Genitivo *horum & harum & horum* felicium, *des heureux*. Dativo, *his* felicibus, *aux heureux*. Accusativo, *hos & has* felices, & *hæc* felicia, *les heureux*. Vocativo, *ô* felices, & *ô* felicia, *ô heureux*. Ablativo, *ab his* felicibus, *des heureux*.

SINGULARITER.

NOminativo, *hic & hæc & hoc* Prudens, *le Prudent.* Genitivo, *hujus* prudentis, *du prudent.* Dativo, *huic* prudenti, *au prudent.* Accusativo, *hunc & hanc*, prudentem, *& hoc* prudens, *le prudent.* Vocativo, *ô* prudens, *ô prudent.* Ablativo, *ab hoc & ab hac & ab hoc* prudente, *vel* prudenti, *du prudent.*

PLURALITER. Nominativo, *hi & hæ* prudentes, & *hæc* prudentia, *les prudens.* Genitivo, *horum & harum & horum* prudentum *vel* prudentium, *des prudens.* Dativo, *his* prudentibus, *aux prudens.* Accusativo, *hos & has* prudentes, & *hæc* prudentia, *les prudens.* Vocativo, *ô* prudentes, & *ô* prudentia, *ô prudens.* Ablativo, *ab his* prudentibus, *des prudens.*

SINGULARITER.

NOminativo, *hic & hæc* Fortis, & *hoc* forte, *le fort.* Genitivo, *hujus* fortis, *du fort.* Dativo, *huic* forti, *au fort.* Accusativo, *hunc & hanc* fortem, & *hoc* forte, *le fort.* Vocativo, *ô* fortis, & *ô* forte, *ô fort.* Ablativo, *ab hoc & ab hac & ab hoc* forti, *du fort.*

PLURALITER. Nominativo, *hi & hæ* fortes, & *hæc* fortia, *les forts* Genitivo, *horum & harum & horum* fortium, *des forts.* Dativo, *his* fortibus, *aux forts.* Accusativo, *hos & has* fortes, *& hæc* fortia, *les forts.* Vocativo, *ô* fortes, & *ô* fortia, *ô forts.* Ablativo, *ab his* fortibus, *des forts. Et ainsi*, Omnis, *tout.*

SINGULARITER.

NOminativo, *hic & hæc* fortior, & *hoc* fortius, *plus fort.* Genitivo, *hujus* fortioris. Dativo, *huic* fortiori. Accusativo, *hunc & hanc* fortiorem, & *hoc* fortius. Vocativo, *ô* fortior, & *ô* fortius. Ablativo, *ab hoc & ab hac & ab hoc* fortiore, *vel* fortiori.

PLURALITER. Nominativo, *hi & hæ* fortiores, & *hæc* fortiora. Genitivo, *horum & harum & horum* fortiorum. Dativo, *his* fortioribus. Accusativo, *hos & has* fortiores, & *hæc* fortiora. Vocativo, *ô* fortiores, & *ô* fortiora. Ablativo, *ab his* fortioribus.

LA QUATRIE'ME DECLINAISON

La Quatriéme Declinaison a quatre genres, le Masculin, le Feminin, le Neutre, & le Commun.
Elle a deux terminaisons, *us* & *u*.

SINGULIER.

Le Genitif en *ûs*.
Le Datif en *ui*.
L'Accusatif en *um*.
Le Vocatif semblable au Nominatif.
L'Ablatif en *u*.

PLURIER.

Le Nominatif, l'Accusatif, & le Vocatif pluriers se terminent en *us*.
Le Genitif en *uum*.
Le Datif & l'Ablatif pluriers en *ibus*, quelquefois en *ubus*.

Le Neutre en *u* est indeclinable au singulier, & fait au plurier *ua*, *uum*, *ibus*.

NOminativo, *hic* fructus, *le fruit*. Genitivo, *hujus* fructûs, *du fruit*. Dativo, *huic* fructui, *au fruit*. Accusativo, *hunc* fructum, *le fruit*. Vocativo, *ô* fructus, *ô fruit*. Ablativo, *ab hoc* fructu, *du fruit*.

PLURALITER. Nominativo, *hi* fructus, *les fruits*. Genitivo, *horum* fructuum, *des fruits*. Dativo, *his* fructibus, *aux fruits*. Accusativo, *hos* fructus, *les fruits*. Vocativo, *ô* fructus, *ô fruits*. Ablativo, *ab his* fructibus, *des fruits*.

SINGULARITER.

NOminativo, *hic* JESUS. Genitivo, *hujus* Jesu. Dativo, *huic* Jesu. Accusativo, *hunc* Jesum. Vocativo, *ô* Jesu. Ablativo, *ab hoc* Jesu.

Plurali caret. *Il n'a point de Plurier.*

SINGULARITER.

NOminativo, *hoc* Cornu, *la Corne*. Genitivo, *hujus* cornu, *de la corne*. Dativo, *huic* cornu, *à la corne*. Accusativo, *hoc* cornu, *la corne*. Vocativo, *ô* cornu, *ô corne*. Ablativo, *ab hoc* cornu, *de la corne*.

PLURALITER. Nominativo, *hæc* Cornua, *les Cornes*. Genitivo, *horum* cornuum, *des cornes*. Dativo, *his* cornibus, *aux cornes*. Accusativo, *hæc* cornua, *les cornes*. Vocativo, *ô* cornua, *ô cornes*. Ablativo, *ab his* cornibus, *des cornes*.

LA CINQUIE'ME DECLINAISON.

La Cinquiéme Declinaison a trois genres, le Masculin, le Feminin & le Commun.

Elle a une terminaison ; sçavoir, *es*, qui demeure au Vocatif singulier, & au Nominatif, Accusatif & Vocatif pluriers. Le Genitif & le Datif singuliers sont en *ei*. L'Accusatif singulier en *em*. L'Ablatif singulier en *e*. Le Genitif plurier en *erum*. Le Datif & l'Ablatif pluriers en *ebus*.

SINGULARITER.

NOminativo, *hic vel hæc* dies, *le jour*. Genitivo, *hujus* diei, *du jour*. Dativo, *huic* diei, *au jour*. Accusativo, *hunc vel hanc* diem, *le jour*. Vocativo, *ô* dies, *ô jour*. Ablativo, *ab hoc*, *vel ab hac* die, *du jour*.

PLURALITER. Nominativo, *hi* dies, *les jours*. Genitivo, *horum* dierum, *des jours*. Dativo, *his* diebus, *aux jours*. Accusativo, *hos* dies, *les jours*. Vocativo, *ô* dies, *ô jours*. Ablativo, *ab his* diebus, *des jours*.

Les Noms de Nombres.

NOminativo, Unus, una, unum, *un*, *une*. Genitivo, unius, (*pour tous les genres*) *d'un*, *d'une*. Dativo, uni, (*pour tous les genres*) *à un*, *à une*. Accusativo, unum, unam, unum, *un*, *une*. Vocativo, *ô* une, una, unum, *ô un*, *ô une*. Ablativo, *ab* uno, unâ, uno; *d'un*, *d'une* : *comme* Bonus, bona, bonum.

PLURALITER.

NOminativo, *hi* Duo, *hæ* duæ, *hæc* duo, *deux*. Genitivo, *horum* duorum, *harum* duarum, *horum* duorum, *de deux*. Dativo, *his* duobus, duabus, duobus, *à deux*. Accusativo, *hos* duos, *vel* duo, *has* duas, *hæc* duo, *deux*. Vocativo, *ô* duo, *ô* duæ, *ô* duo, *ô deux*. Ablativo, *ab his* duobus, duabus, duobus, *de deux*.

PLURALITER.

NOminativo, *hi* Ambo *hæ* ambæ, *hæc* ambo, *tous deux*. Genitivo, *horum* amborum, *harum* ambarum, *horum* amborum, *de tous deux*. Dativo, *his* ambobus, ambabus, ambobus, *à tous deux*. Accusativo, *hos* ambos, *vel* ambo, &c.

PLURALITER.

NOminativo, *hi & hæ* tres, *& hæc* tria, *trois*. Genitivo, *horum & harum & horum* trium, *de trois*. Dativo, *his* tribus, *à trois*. Accusativo, *hos & has* tres, *& hæc* tria, *trois*. Vocativo, *ô* tres, *& ô* tria, *ô trois*. Ablativo, *ab his* tribus, *de trois*.

PLURALITER.

NOminativo, *hi & hæ & hæc* Quatuor, *quatre*. Genitivo, *horum & harum & horum* quatuor, *de quatre*. Dativo, *his* quatuor, *à quatre*. Accusativo, *hos & has & hæc* quatuor, *quatre*. Vocativo, *ô* quatuor, *ô quatre*. Ablativo, *ab his* quatuor, *de quatre*.

Tous les autres adjectifs signifiant nombre, ne se declinent point jusques à centum, *cent, y compris.*

LES COMPARATIFS & les Superlatifs.

IL y a trois degrez de Comparaison, le Positif, le Comparatif & le Superlatif. Le Positif, c'est la premiere voix de l'adjectif, signifiant la chose simplement & sans excés : Exemple, *doctus*, docte : *fortis*, fort. Le Comparatif est un nom Adjectif, en *ior*, pour le Masculin & Feminin, & en *ius*, pour le Neutre, & signifie la chose avec excés plus grand : Exemple, *hic & hæc doctior, & hoc doctius*, plus docte : *fortior & hoc fortius*, plus fort. Le Superlatif est un nom adjectif, terminé en *imus*, *ima*, *imum*, & signifie la chose avec le plus grand excés : Exemple, *doctissimus*, *doctissima*, *doctissimum*, tres-docte. *Fortissimus*, *fortissima*, *fortissimum*, tres-fort.

DEGREZ DE COMPARAISON de la seconde Déclinaison.

Nouvelle façon pour le Positif, le Comparatif & le Superlatif, tous trois ensemble ou separément.

Le Positif.	*Le Comparatif.*	*Le Superlatif.*
	SINGULARITER.	
Nom. *hic* Sanctus, *Saint.*	Sanctior, *plus-Saint.*	Sanctissimus. *trés-Saint.*
hæc sancta,	sanctior,	sanctissima.
hoc sanctum,	sanctius,	sanctissimum.
Genitivo sancti,	sanctioris,	sanctissimi.
sanctæ,	sanctioris,	sanctissimæ.
sancti,	sanctioris,	sanctissimi.
Dativo, sancto,	sanctiori,	sanctissimo.
sanctæ,	sanctiori,	sanctissimæ.
sancto,	sanctiori,	sanctissimo.
Acc. sanctum,	sanctiorem,	sanctissimum.
sanctam,	sanctiorem,	sanctissimam.
sanctum,	sanctius,	sanctissimum.
Voc. *ô* sancte,	sanctior,	sanctissime.
ô sancta,	sanctior,	sanctissima.
ô sanctum,	sanctius,	sanctissimum.

Ablativo,

Ablativo, ſancto,	ſanctiore, *vel* ſanctiori,	ſanctiſſimo.
ſanctâ,	ſanctiore, *vel* ſanctiori,	ſanctiſſimâ.
ſancto,	ſanctiore, *vel* ſanctiori,	ſanctiſſimo.

PLURALITER.

Nomin. Sancti,	Sanctiores,	Sanctiſſimi.
ſanctæ,	ſanctiores,	ſanctiſſimæ.
ſancta,	ſanctiora,	ſanctiſſima.
Genit. Sanctorum,	ſanctiorum,	ſanctiſſimorum.
ſanctarum,	ſanctiorum,	ſanctiſſimarum.
ſanctorum,	ſanctiorum,	ſanctiſſimorum.
Dativo, ſanctis,	ſanctioribus,	ſanctiſſimis.
Pour tout genre.		
Accuſ. ſanctos,	ſanctiores,	ſanctiſſimos.
ſanctas,	ſanctiores,	ſanctiſſimas.
ſancta,	ſanctiora,	ſanctiſſima.
Voc. *ô* ſancti,	ſanctiores,	ſanctiſſimi.
ſanctæ,	ſanctiores,	ſanctiſſimæ.
ſancta,	ſanctiora,	ſanctiſſima.
Ablat. à ſanctis,	ſanctioribus,	ſanctiſſimis.
Pour tout genre.		

IRREGULIER.

Multus. *n'a point de Comparatif au Maſculin & Feminin ſingulier. On le decline ainſi.*

Multus, plurimus : multa, plurima : multum, plus, plurimum. *Genitivo*, multi, plurimi : multæ, plurimæ : multi, pluris, plurimi, &c.

Le Poſitif.	*Le Comparatif.*	*Le Superlatif.*
SINGULARITER.		
Nom. *hic* Pulcher,	Pulchrior,	Pulcherrimus.
hæc pulchra,	pulchrior,	pulcherrima.
hoc pulchrum,	pulchrius,	pulcherrimum.
Genit. pulchri,	pulchrioris,	pulcherrimi.

pulchræ,	pulchrioris,	pulcherrimæ.
pulchri,	pulchrioris,	pulcherrimi.
Dativo, pulchro,	pulchriori,	pulcherrimo.
pulchræ,	pulchriori,	pulcherrimæ.
pulchro,	pulchriori,	pulcherrimo.
Accuſ. pulchrum,	pulchriorem,	pulcherrimum.
pulchram,	pulchriorem,	pulcherrimam.
pulchrum,	pulchrius,	pulcherrimum.
Vocat. ô pulcher,	pulchrior,	pulcherrime.
pulchra,	pulchrior,	pulcherrima.
pulchrum,	pulchrius,	pulcherrimum.
Ablat. à pulchro,	pulchriore, *vel* [pulchriori,	pulcherrimo.
pulchra,	pulchriore, *vel* [pulchriori,	pulcherrima.
pulchro,	pulchriore, *vel* [pulchriori,	pulcherrimo.

PLURALITER.

Nominat. Pulchri,	pulchriores,	pulcherrimi.
pulchræ,	pulchriores,	pulcherrimæ.
pulchra,	pulchriora,	pulcherrima.
Gen. pulchrorum,	pulchriorum,	pulcherrimorum.
pulchrarum,	pulchriorum,	pulcherrimarum.
pulchrorum,	pulchriorum,	pulcherrimorum.
Dativo, pulchris, *pro omni genere.*	pulchrioribus,	pulcherrimis.
Accuſ. Pulchros,	pulchriores,	pulcherrimos.
pulchras,	pulchriores,	pulcherrimas.
pulchra,	pulchriora,	pulcherrima.
Vocat. ô pulchri,	pulchriores,	pulcherrimi.
pulchræ,	pulchriores,	pulcherrimæ.
pulchra,	pulchriora,	pulcherrima.
Ablat. à pulchris. *pro omni genere.*	pulchrioribus,	pulcherrimis.

C'eſt ainſi que ſe comparent tous les autres Adjectifs de la seconde Declinaison.

En la seconde Declinaison le Comparatif se forme du Genitif singulier de son Positif, ajoûtant *or*; comme du Genitif *sancti*, se fait le Comparatif *sanctior*. Le Superlatif se forme de la même façon, ajoûtant *ssimus*; comme du Genitif *sancti*, se fait le Superlatif *sanctissimus*.

DEGREZ DE COMPARAISON de la troisiéme Declinaison.

Le Positif.	*Le Comparatif.*	*Le Superlatif.*
	SINGULARITER.	
Nom. *hic* Dulcis,	Dulcior,	Dulcissimus.
hæc dulcis,	dulcior,	dulcissima.
hoc dulce,	dulcius,	dulcissimum.
Genit. dulcis,	dulcioris,	dulcissimi.
dulcis,	dulcioris,	dulcissimæ.
dulcis,	dulcioris,	dulcissimi.
Dativo, dulci,	dulciori,	dulcissimo.
dulci,	dulciori,	dulcissimæ.
dulci,	dulciori,	dulcissimo.
Accus. dulcem,	dulciorem,	dulcissimum.
dulcem,	dulciorem,	dulcissimam.
dulce,	dulcius,	dulcissimum.
Vocat. *ô* dulcis,	dulcior,	dulcissime.
ô dulcis,	dulcior,	dulcissima.
ô dulce,	dulcius,	dulcissimum.
Ablativo, dulci.	dulciore, *vel* dulciori.	dulcissimo.
		dulcissimâ.
Pro omni genere.		dulcissimo.
	PLURALITER.	
Nomin. Dulces,	Dulciores,	Dulcissimi.

dulces,	dulciores,	dulciſſimæ.
dulcia,	dulciora,	dulciſſima.
Genit. Dulcium,	dulciorum,	dulciſſimorum.
dulcium,	dulciorum,	dulciſſimarum.
dulcium,	dulciorum,	dulciſſimorum.
Dat. dulcibus,	dulcioribus,	dulciſſimis.
Pro omni genere.		
Accuſ. dulces,	dulciores,	dulciſſimos.
dulces,	dulciores,	dulciſſimas.
dulcia,	dulciora,	dulciſſima.
Vocat. ô dulces,	dulciores,	dulciſſimi.
ô dulces,	dulciores,	dulciſſimæ.
ô dulcia,	dulciora,	dulciſſima.
Ablat. dulcibus,	dulcioribus,	dulciſſimis.
Pro omni genere.		

Poſitif.	*Comparatif.*	*Superlatif.*
SINGULARITER.		
Nom. *hic* Felix,	Felicior,	Feliciſſimus.
hæc felix,	felicior,	feliciſſima.
hoc felix,	felicius,	feliciſſimum.
Gen. felicis,	felicioris,	feliciſſimi.
felicis,	felicioris,	feliciſſimæ.
felicis,	felicioris,	feliciſſimi.
Dat. felici,	feliciori,	feliciſſimo.
felici,	feliciori,	feliciſſimæ.
felici,	feliciori,	feliciſſimo.
Acc. felicem,	feliciorem,	feliciſſimum,
felicem,	feliciorem,	feliciſſimam.
felix,	felicius,	feliciſſimum.
Vocat. ô felix,	felicior,	feliciſſime.
ô felix,	felicior,	feliciſſima.
ô felix,	felicius,	feliciſſimum.
Abl. à felice, *vel* felici,	feliciore, *vel* feliciori,	feliciſſimo.
felice, *vel* felici,	feliciore, *vel* feliciori,	feliciſſimâ.

felice, *vel* felici,	feliciore, *vel* feliciori,	felicissimo,

PLURALITER.

Nomin. Felices,	Feliciores,	Felicissimi.
felices,	feliciores,	felicissimæ.
felicia,	feliciora,	felicissima.
Genit. felicium,	feliciorum,	felicissimorum.
felicium,	feliciorum,	felicissimarum.
felicium,	feliciorum,	felicissimorum.
Dat. felicibus, *Pro omni genere.*	felicioribus,	felicissimis.
Accus. felices,	feliciores,	felicissimos.
felices,	feliciores,	felicissimas.
felicia,	feliciora,	felicissima.
Vocat. ô felices,	feliciores,	felicissimi.
ô felices,	feliciores,	felicissimæ.
ô felicia,	feliciora,	felicissima.
Ablat. à felicibus, *Pro omni genere.*	felicioribus,	felicissimis.

En la troisiéme Declinaison le Comparatif est formé du Datif du Positif en *i*, ajoûtant *or*, ou *us*; comme de *forti* se fait *fortior* & *fortius*: de *felici*, *felicior* & *felicius*. Le Superlatif, du même Datif, ajoûtant *ssimus*, *a*, *um*. *Fortissimus*, *fortissima*, *fortissimum*.

INSTRUCTION POUR LES DECLINAISONS des Pronoms.

Le Pronom est un mot ou partie d'oraison, qui se met pour le nom mesme.

Il y a dix-neuf Pronoms. *Ego*, *tu*, *sui*, *ille*, *iste*, *ipse*, *hic*, *is*, *idem*, *meus*, *tuus*, *suus*, *cujus*, *cuja*, *cujum*, *noster*, *vester*, *nostras*, *vestras*, *cujas*; *&* *qui*, *quæ*, *quod*.

Les Pronoms ont cinq cas: car ils n'ont point de Vocatif (excepté, *Tu*, *meus*, *noster*, *&* *nostras*.)

Le Pronom *sui*, n'a point de Nominatif.

Ils signifient trois Personnes, la premiere, la seconde, & la troisiéme.

Le Pronom de la premiere Personne est, *Ego*, (pour le singulier,) *Nos*, (pour le Plurier.)

Le Pronom de la seconde Personne est *Tu* (pour le singulier) *Vos* (pour le Plurier)

Tous les autres Pronoms sont de la troisiéme Personne.

Les Pronoms ont cinq significations : la Demonstrative, la Relative, la Possessive, la Nationale, & la Reciproque.

Les Pronoms Demonstratifs sont, *Ego, tu, ille, ipse, iste, hic, is.*

Les Relatifs sont, *Qui, quæ, quod*, &c.

Les Pronoms Possessifs sont, *meus, tuus, suus, noster, vester*, & *cujus, cuja, cujum.*

Les Pronoms Nationaux sont, *Nostras*, de nostre Païs ; *Vestras*, de vostre Pays ; & *Cujas*, de quel Pays ?

Les Pronoms Reciproques sont, *Sui* & *suus.*

Sui, sibi, &c est Substantif ; *Suus, a, um*, Adjectif.

LES DECLINAISONS DES PRONOMS.

Il y a quatre Declinaisons des Pronoms.

PREMIERE DECLINAISON des Pronoms.

Les Pronoms de la premiere Declinaison sont, *Ego, tu*, & *sui* : leurs Genitifs se terminent en *i*.

SINGULARITER.

Nominativo, Ego, *moy*, ou je, (*pour tout genre.*)
Genitivo, mei, *de moy.*
Dativo, mihi, *à moy*, ou *me.*
Accusativo, me, *moy*, ou *me.*
Vocativo, caret.
Ablativo, à me, *de moy.*

Pluraliter. Nominativo, Nos, *nous* (*pour tout genre.*)
Genitivo, nostrûm, *vel*, nostri, *de nous.*
Dativo, nobis, *à nous*, ou *nous.*
Accusativo, nos, *nous.*
Vocativo, caret.
Ablativo, à nobis, *de nous.*

Singulariter.

Nominativo, Tu, *toy*, ou *tu.* Genitivo, tui, *de toy.* Dativo, tibi, *à toy*, ou *te.* Accusativo, te, *toy*, ou *te.* Vocativo, *ô* tu, *ô toy.* Ablativo, à te, *de toy*, ou *par toy.*

Pluraliter. Nominativo, Vos, *vous.* Genitivo, vestrûm, *vel* vestri, *de vous.* Dativo, vobis, *à vous*, ou *vous.* Accusativo, vos, *vous.* Vocativo, *ô* vos, *ô vous.* Ablativo, à vobis, *de vous.*

Singulariter.

Nominativo caret. Genitivo, Sui, *de soy.* Dativo, sibi, *à soy*, ou *se.* Accusativo, se, *soy* ou *se.* Vocativo caret. Ablativo, à se, *de soy.*

Pluraliter. Nominativo caret. Genitivo, sui, *de soy.* Dativo, sibi. Accusativo, se. Vocativo caret. Ablativo, à se, *de soy.*

Il signifie aussi, de luy-même, au singulier; *d'eux-mêmes*, au Plurier, &c.

SECONDE DECLINAISON DES PRONOMS.

Les Pronoms de la seconde Declinaison, sont, *ille, ipse, iste, hic, is*, & *idem.*

Ils ont au Genitif *ius*, ou *jus*, & au Datif, *i*, pour tout Genre,

Masculin. Feminin. Neutre.

SINGULARITER.

NOminativo, Ille, illa, illud, *il*, *luy* ou *elle*.
Genitivo, illius. (*pour tout genre.*)
Dativo, illi. (*pour tout genre.*)
Accusativo, illum, illam, illud.
Ablativo, ab illo, illâ, illo.

PLURALITER.

Nominativo, Illi, illæ, illa, *eux*, *elles*.
Genitivo, illorum, illarum, illorum.
Dativo, illis. (*pour tout genre.*)
Accusativo, illos, illas, illa.
Ablativo, ab illis. (*pour tout genre.*)

Nominativo, Iste, ista, istud, *celuy* ou *celle*. (*comme* ille.)

SINGULARITER.

NOminativo, Ipse, ipsa, ipsum, *le* ou *la même*.
Genitivo, ipsius. Dativo, ipsi. Accusativo, ipsum, ipsam, ipsum. Ablativo, ab ipso, ipsâ, ipso.
PLURALITER. Nomin. Ipsi, ipsæ, ipsa, &c.

SINGULARITER.

NOminativo, Hic, hæc, hoc, *celuy-cy* ou *celle-cy*, *ce* ou *cette*, *cecy*. Genitivo, hujus, (*pour tout genre.*)
Dativo, huic. (*pour tout genre.*)
Accusativo, hunc, hanc, hoc. Vocativo caret.
Ablativo, ab hoc, hac, hoc.
PLUR. Nominativo, Hi, hæ, hæc, *ceux-cy*, ou *celles-cy*.
Genitivo, horum, harum, horum.
Dativo, his. (*pour tout genre.*)
Accusativo, hos, has, hæc.
Vocativo caret. Ablativo, ab his. (*pour tout genre.*)

SINGULARITER.

NOminativo, Is, ea, id, *luy, elle : celuy, celle , cela.* Genitivo, ejus. Dativo, ei. (*pour tout genre.*)
Accusativo, eum, eam, id.
Ablativo, ab eo, eâ, eo.

PLUR. Nominativo, Ii, *vel* ei, eæ, ea, *eux, elles: ceux, celles.* Genitivo, eorum, earum, eorum. Dativo, eis, *vel* iis.
Accusativo, eos, eas, ea.
Ablativo, eis, *vel* iis. (*pour tout genre.*)

On decline, Unus, ullus, uter, alter, totus, solus, & alius, *avec leurs composez, comme* ipse : c'est à dire, avec le Genitif en *ius*, & le Datif en *i*.

On decline aussi, Idem, eadem, idem, *comme* is, ea, id, *ajoûtant seulement* dem.

TROISIEME DECLINAISON DES PRONOMS

Il y a six Pronoms de la troisiéme Declinaison, *meus, tuus, suus, cujus, noster, vester.* Ils se declinent comme les Adjectifs de la seconde Declinaison des noms.

SINGULARITER.

NOminativo, Meus, mea, meum, *mon* ou *ma* : *le mien*, ou *la mienne.*
Genitivo, mei, meæ, mei.
Dativo, meo, meæ, meo.
Accusativo, meum, meam, meum.
Vocativo, *ô* mi, mea, meum.
Ablativo, à meo, meâ, meo.

PLURALITER. Nominativo, Mei, meæ, mea, *mes* ou *les miens, & les miennes.*
Genitivo, meorum, mearum, meorum.
Dativo, meis. Accusativo, meos, meas, mea.
Vocativo, *ô* mei, meæ, mea.
Ablativo, à meis.

Ainsi se declinent, Tuus, tua, tuum, *Ton* ou *ta* : *le tien* ou *la tienne*.

PLUR. Tui, tuæ, tua. *Tes*, *les tiens* ou *les tiennes*.

Suus, sua, suum. *Son* ou *sa* : *le sien* ou *la sienne* : ou *leur*.

PLUR. Sui, suæ, sua. *Ses* : ou *les siens & les siennes* : ou *leurs*.

Ainsi, Cujus, a, um, *de qui*, *à qui?*

SINGULARITER.

Nominativo, Noster, nostra, nostrum, *le*, ou *la nôtre*.
Genitivo, nostri, nostræ, nostri.
Dativo, nostro, nostræ, nostro.
Accusativo, nostrum, nostram, nostrum.
Vocativo, *ô* noster, nostra, nostrum.
Ablativo, à nostro, nostrâ, nostro.

PLURALITER.

Nominativo, Nostri, nostræ, nostra, *Nos*, ou *les nôtres*.
Genitivo, nostrorum, nostrarum, nostrorum.
Dativo, nostris. *pour tout genre*.
Accusativo, nostros, nostras, nostra.
Vocativo, *ô* nostri, nostræ, nostra.
Ablativo, à nostris. *pour tout genre*.

Vester, vestra, vestrum, *comme* noster, *le* ou *la vôtre*.

PLURALITER. Vestri, vestræ, vestra. *Vos*, ou *les vostres*.

QUATRIE'ME DECLINAISON des Pronoms.

La quatriéme Declinaison a trois Pronoms, *Nostras*, *vestras*, & *cujas*. Le Genitif est en *atis*, & ces Pronoms se declinent comme les noms de la troisiéme Declinaison en *as*.

SINGULARITER.

Nominativo, *hic & hæc & hoc* Nostras, *de nôtre païs*.
Genitivo, *hujus* nostratis.
Dativo, *huic* nostrati.

Accusativo, *hunc* & *hanc* nostratem, & *hoc* nostras.
Vocativo, *ô* nostras (*pour tout genre.*)
Ablativo, *ab hoc*, & *ab hac*, & *ab hoc* nostrate, *vel* nostrati.

PLURALITER.

Nominativo, *hi* & *hæ* nostrates, & *hæc* nostratia.
Genitivo, *horum*, & *harum*, & *horum* nostratium.
Dativo, *his* nostratibus.
Accusativos, *hos* & *has* nostrates, & *hæc* nostratia.
Vocativo, *ô* nostrates, & *ô* nostratia.
Ablativo, *ab his* nostratibus.

Ainsi se declinent, Vestras, *de vostre pays*, & Cujas, *de quel pays?*

Declinaison du Relatif, Qui, quæ, quod, *& de ses composez.*

SINGULARITER.

Nominativo, Qui, *qui*, ou *lequel*: quæ, *qui*, ou *laquelle*: quod, *qui*, ou *lequel*.
Genitivo, cujus. Dativo, cui.
Accusativo, quem, quam, quod, *vel* quid.
Vocativo caret, *il n'a point de Vocatif.*
Ablativo, à quo, à quâ, à quo.

PLURALITER.

Nominativo, qui, quæ, quæ.
Genitivo, quorum, quarum, quorum.
Dativo, quibus, *vel* queis.
Accusativo, quos, quas, quæ.
Ablativo, à quibus, *vel* queis.

L'Interrogatif Quis, *qui?* ou *quel?* ou *lequel?* ou *qui est-ce qui?* quæ, *quelle?* ou *laquelle?* quid, *quoy*, *quel*, ou *lequel? se decline comme le Relatif* qui, quæ, quod.

On dit quelquefois à l'Ablatif singulier quî, *pour* quo, quâ, quo.

Les Composez de Quis.

SINGULARITER.

NOminativo, Aliquis, aliqua, aliquod.
Genitivo, alicujus. Dativo, alicui.
Accusativo, aliquem, aliquam, aliquod.
Ablativo, ab aliquo, aliquâ, aliquo.

PLURALITER. Nominativo, aliqui, aliquæ, aliqua.
Genitivo, aliquorum, aliquarum, aliquorum.
Dativo, aliquibus.
Accusativo, aliquos, aliquas, aliqua.
Ablativo, ab aliquibus.

Ainsi se declinent, siquis, nequis, nunquis.

Aliquid, *quelque chose* (du neutre) alicujus, &c.

SINGULARITER.

NOminativo, Quisnam, quænam, quodnam, *vel* quidnam.
Genitivo, cujusnam. Dativo, cuinam.
Accusativo, quemnam, quamnam, quodnam, *vel* quidnam.
Ablativo, à quonam, quanam, quonam.

PLURALITER. Nominativo, quinam, quænam, quænam.
Genitivo, quorumnam, quarumnam, quorumnam.
Dativo, quibusnam, *vel* queisnam.
Accusativo, quosnam, quasnam, quænam.
Ablativo, à quibusnam, *vel* queisnam.

Ainsi l'on decline, Quisquam, quispiam, quisquis, & quisque. *Mais ils n'ont point de Genitif plurier.*

Les Composez de Qui, quæ, quod.

SINGULARITER.

NOminativo, Quidam, quædam, quoddam, *vel* quiddam, *quelqu'un* ou *un certain.*
Genitivo cujusdam. Dativo, cuidam.

Accusativo, quendam, quandam, quoddam, *vel* quiddam.
Ablativo, à quodam, quâdam, quodam.

PLURALITER. Nominativo. Quidam, quædam, quædam,
Genitivo, quorundam, quarundam, quorundam.
Dativo, quibusdam.
Accusativo, quosdam, quasdam, quædam.
Ablativo, à quibusdam.

Ainsi quivis, *qui tu voudras*. Genitivo, cujusvis. Dativo, cuivis. Quicumque, *quiconque*, ou *quel qu'il soit*. Genitivo, cujuscunque. Dativo, cuicunque. Quilibet, *lequel vous voudrez*. Genitivo, cujuslibet. Dativo, cuilibet.

Dans tous ces composez, le seul Pronom *qui* ou *quis*, se decline; le reste ne se decline point. Mais le composé, *unusquisque*, se decline comme *unus* & *quisque*: ainsi.

Nominativo, unusquisque, *un chacun*, unaquæque, *chacune*, unumquodque, *chaque chose*.

Genitivo, uniuscujusque, (*pour tout genre*.)

Dativo, unicuique, (*pour tout genre*) & le reste.

DU VERBE.

Le Verbe est un mot ou partie d'oraison, qui se conjugue par temps, mœufs, personnes & nombres.

Il y a de deux sortes de Verbes. Le Verbe Personnel, & le Verbe Impersonnel.

Le Verbe Personnel, est un Verbe qui se conjugue par trois personnes tant au singulier qu'au plurier : comme, *Amo*, *amas*, *amat*. Pluraliter, *Amamus*, *amatis*, *amant*.

Le Verbe Impersonnel est un Verbe qui se conjugue seulement par la troisiéme personne singuliere. Comme, *Oportet*, il faut; *Oportebat*, *oportuit*. *Amatur*, on aime: *amabatur*, *amatum est*.

Il y a cinq sortes de Verbes Personnels, l'Actif, le Passif, le Neutre, le Deponent, le Commun.

Le Verbe actif est un Verbe qui se termine en *o*, & forme un passif en *or*. Comme *Amo*, j'aime, duquel se fait *Amor*, je suis aimé

Le Verbe Neutre, est un Verbe qui se termine en *o*, sans Passif en *or*.

Pour l'ordinaire il n'a la signification ni Active, ni Passive; Comme *Sto*, je suis debout. Quelquefois il a la signification passive, & s'appelle Neutre-Passif, comme *Vaneo*. je suis vendu,

Le Verbe Deponent, est un Verbe qui se termine en *or*, sans Actif en *o*. Il a ordinairement la signification Active, comme *loquor*, je parle.

Le Verbe Commun est un Verbe qui se termine en *or*, & qui a la signification Active & Passive, comme, *Criminor*, je blâme, & je suis blâmé.

Il y a encore le Verbe Substantif, *Sum*, *es*, *est*, avec ses composez.

Il y a aussi des Verbes Defectifs que l'on appelle ainsi, parce que plusieurs temps ou personnes leur manquent, & ne sont point en usage, comme *Memini*; je me souviens, ou je me suis souvenu. *Odi*, je hai, ou j'ay haï. *Cœpi*, je commence, ou j'ay commencé, *&c.*

Il y a trois Gerondifs aux Verbes, & ils se terminent en *di*, *do*, *dum* : comme *Amandi*, d'aimer, *amando*, en aimant, *amandum*, à aimer, ou pour aimer.

Il y a deux Supins qui se terminent en *um* & en *u*. Comme *Doctum*, aller enseigner : *Doctu*, d'estre enseigné.

Cinq Temps. Le Present, l'Imparfait, le Preterit Parfait, le Preterit Plusque Parfait, & le Futur : lesquels on reduit à trois : sçavoir le Present, le passé & l'avenir ; car l'Imparfait, le Parfait, & le Plusque-Parfait, sont compris dans le Passé.

Trois Personnes. La premiere, la seconde & la troisiéme.

Deux Nombres : le Singulier, & le Plurier.

Il y a quatre Conjugaisons des Verbes. La premiere, la Seconde, la Troisiéme, & la Quatriéme.

Et l'on distingue chaque Conjugaison par la seconde Personne singuliere du Present de l'Indicatif, & par l'Infinitif, comme il est expliqué au commencement de chaque Conjugaison.

CONJUGAISON DU VERBE *SUM*,

Qui sert à conjuguer les Verbes Passifs.

INDICATIF.

INdicativo modo, tempore præsenti, Sum, *je suis*, es, *tu es*, est, *il est*. Pluraliter, Sumus, *nous sommes*, estis, *vous estes*, sunt, *ils sont*.

Præterito Imperfecto, Eram, *j'estois*, eras, *tu estois*, erat, *il estoit*. Pluraliter, Eramus, *nous estions*, eratis, *vous estiez*, erant, *ils estoient*.

Præterito Perfecto, Fui, *j'ay été*, fuisti, *tu as été*, fuit, *il a été*. Pluraliter, Fuimus, *nous avons esté*, fuistis, *vous avez été*, fuerunt *vel* fuère, *ils ont été*. Autrement, *pour le François. Je fus, tu fus, il fut. Nous fusmes, vous fustes, ils furent.*

Præterito Plusquàm Perfecto, Fueram, *j'avois été*, fueras *tu avois été*, fuerat, *il avoit été*. Pluraliter, Fueramus, *nous avions été*, fueratis, *vous aviez été*, fuerant, *ils avoient été*. [du Parfait, *i*, en *eram*.]

Futuro, Ero, *je seray*, eris, *tu seras*, erit, *il sera*. Pluraliter, Erimus, *nous serons*, eritis, *vous serez*, erunt, *ils seront*.

IMPERATIF.

Imperativo modo, tempore præsenti, Sis, *vel* es, *sois*, sit, *qu'il soit*. Pluraliter, simus, *soyons*, sitis, *soyez*, sint, *qu'ils soient*. Futuro, esto tu, *sois*, esto ille, *qu'il soit*. Pluraliter, simus, *soyons*, estote, *soyez*, sunto, *qu'ils soient*.

OPTATIF.

Optativo modo, tempore præsenti, & Præterito Imperfecto utinam Essem, *plût à Dieu que je fusse*, esses, *que tu fusses*, esset, *qu'il fust*. Pluraliter, Essemus, *que nous fussions*, essetis, *que vous fussiez*, essent, *qu'ils fussent*.

Præterito Perfecto, & Plusquàm Perfecto, utinam Fuissem, *plût à Dieu que j'eusse été*, fuisses, *tu eusses été*, fuisset *il eust été*. Pluraliter, Fuissemus, *que nous eussions été*, fuissetis, *vous eussiez été*, fuissent, *ils eussent été*.

Futuro, utinam Sim, *Dieu veüille que je sois*, sis, *que tu sois*, sit, *qu'il soit*. Pluraliter, Simus, *que nous soyons*, sitis, *que vous soyez*, sint, *qu'ils soient*.

Les tems de l'Optatif sont semblables à ceux du Subjonctif.

SUBJONCTIF.

Subjunctivo modo, tempore præsenti cùm Sim, *veu que je sois*, sis, *que tu sois*, sit, *qu'il soit*. Pluraliter, Simus, *que nous soyons*, sitis, *que vous soyez*, sint, *qu'ils soient*.

Præterito Imperfecto, Essem, *je serois*, esses, *tu serois*, esset *il seroit*. Pluraliter, Essemus, *nous serions*, essetis, *vous seriez*, essent, *ils seroient*.

Præterito Perfecto, cùm Fuerim, *comme ainsi soit que j'aye esté*, fueris, *que tu ayes été* fuerit, *qu'il ait esté*. Pluraliter, Fuerimus, *que nous ayons été*, fueritis, *que vous ayez été*, fuerint, *qu'ils ayent été*.

Præterito Plusquàm perfecto, cùm Fuissem, *quand j'aurois été*, fuisses, *tu aurois été*, fuisset, *il auroit esté*. Pluraliter, Fuissemus *nous aurions esté*, fuissetis, *vous auriez esté*, fuissent, *ils auroient esté*.

Futuro, cùm Fuero, *quand j'aurai esté*, fueris, *tu auras esté*, fuerit, *il aura esté*. Pluraliter, Fuerimus, *nous aurons esté*, fueritis, *vous aurez esté*, fuerint, *ils auront esté*.

Ces trois derniers Temps se forment du Parfait, changeant i, *en* erim, issem, ero.

INFINITIF.

INfinitivo modo, sine numeris & personis, tempore præsenti & Præterito Imperfecto, Esse, *estre*.

Præterito Perfecto & Plusquàm-perfecto, Fuisse, *avoir esté*. (*du Parfait*, i, *en* isse.)

Futuro, Fore, *vel* futurum esse, *devoir estre*.

Gerundiis caret, *il n'a point de Gerondif*.

Participium Præsentis, Ens, *qui n'est point en usage*.

Participium Futuri, Futurus, futura, futurum, *qui sera*, ou *qui doit estre*.

LA PREMIERE CONJUGAISON des Verbes,

Fait la seconde Personne de l'Indicatif en *as*, & l'Infinitif Actif en *are*, le Passif en *ari*.

L'ACTIF.

Le present n'est formé d'aucun tems — INdicativo modo, tempore Præsenti, Amo, *j'aime*, amas, *tu aimes*, amat, *il aime*. Pluraliter, Amamus, *nous aimons*, amatis, *vous aimez*, amant, *ils aiment*.

Du present. — Præterito Imperfecto, Amabam, *j'aimois*, amabas,

amabas, *tu aimois*, amabat, *il aimoit*. Pluraliter, Amabamus, *nous aimions*, amabatis, *vous aimiez*, amabant, *ils aimoient*. — changeant *o* en *abam*.

Præterito Perfecto, Amavi, *j'ai aimé*, amavisti, *tu as aimé*, amavit, *il a aimé*. Pluraliter, Amavimus, *nous avons aimé*, amavistis, *vous avez aimé*, amaverunt *vel* amavêre, *ils ont aimé*. Autrement, *j'aimai*, *tu aimas*, *il aima*; *nous aimasmes*, *vous aimastes*, *ils aimerent*. — Du present, changeant *o* en *avi*.

Præterito Plusquàm-perfecto, Amaveram, *j'avois aimé*, amaveras, *tu avois aimé*, amaverat, *il avoit aimé*. Pluraliter, Amaveramus, *nous avions aimé*, amaveratis, *vous aviez aimé*, amaverant, *ils avoient aimé*. — Du parfait, changeant *i*, en *eram*.

Futuro, Amabo, *j'aimeray*, amabis, *tu aimeras*, amabit, *il aimera*. Pluraliter, Amabimus, *nous aimerons*, amabitis, *vous aimerez*, amabunt, *ils aimeront*. — Du present, changeant *o*, en *abo*.

L'IMPERATIF.

Imperativo modo, tempore præsenti, Ama, *aime*, amet, *qu'il aime*. Pluraliter, Amemus, *aimons*, amate, *aimez*, ament, *qu'ils aiment*. — Du present, de l'Indic. changeant *o*, en *a*.

Futuro, Amato (tu) *aime*, amato (ille) *qu'il aime*. Pluraliter, Amemus, *aimons*, amatote, *aimez*, amanto, *qu'ils aiment*. — *o* en *ato*.

L'OPTATIF.

Optativo modo, tempore præsenti, & præterito imperfecto, Amarem, *que j'aimaße*, amares, *que tu aimaßes*, amaret, *qu'il aimast*. Pluraliter, Amaremus, *que nous aimassions*, amaretis, *que vous aimassiez*, amarent, *qu'ils aimaßent*. — De l'Infinitif changeant *re* en *rem*.

Præterito perfecto & plusquàm-perfecto, Amavissem, *que j'eusse aimé*, amavisses, *que tu* — Du parfait Indic. changeant *i* en *issem*.

eusses aimé, amavisset, *qu'il eust aimé*. Pluraliter, Amavissemus, *que nous eussions aimé*, amavissetis, *que vous eussiez aimé*, amavissent, *qu'ils eussent aimé*.

Du present de l'Ind. changeant *o* en *em*. Futuro, utinam Amem, *Dieu veuille que j'aime*, ames, *que tu aime*, amet, *qu'il aime*.

Pluraliter, Amemus, *que nous aimions*, ametis, *que vous aimiez*, ament, *qu'ils aiment*.

SUBJONCTIF.

Du present de l'Indicatif, changeant *o* en *em*. SUbjunctivo modo, tempore præsenti, Amem, *que j'aime*, ames, *que tu aimes*, amet, *qu'il aime*. Pluraliter, Amemus, *que nous aimions*, ametis, *que vous aimiez*, ament, *qu'ils aiment*.

De l'Infinitif changeant *re* en *rem*. Præterito imperfecto, Amarem, *j'aimerois*, amares, *tu aimerois*, amaret, *il aimeroit*. Pluraliter, Amaremus, *nous aimerions*, amaretis, *vous aimeriez*, amarent *ils aimeroient*.

Du parfait de l'Indicat. changeant *i*, en *erim*. Præterito-perfecto, Amaverim, *que j'aye aimé*, amaveris, *que tu ayes aimé*, amaverit, *qu'il ait aimé*. Pluraliter, Amaverimus, *que nous ayons aimé*, amaveritis, *que vous ayez aimé*, amaverint, *qu'ils ayent aimé*.

Du parfait Indic. *i*, en *issem*. Præterito plusquàm-perfecto, Amavissem, *j'aurois aimé*, amavisses, *tu aurois aimé*, amavisset, *il auroit aimé*. Pluraliter, Amavissemus, *nous aurions aimé*, amavissetis, *vous auriez aimé*, amavissent, *ils auroient aimé*.

Du parfait de l'Indic. changeant *i*, en *ero*. Futuro, Amavero, *j'auray aimé*, amaveris, *tu auras aimé*, amaverit, *il aura aimé*.

Pluraliter, Amaverimus, *nous aurons aimé*, amaveritis, *vous aurez aimé*, amaverint, *ils auront aimé*.

L'INFINITIF.

INfinitivo modo, (ſine numeris & perſonis) tempore præſenti, & præterito imperfecto, Amare, *Aimer*.

Præterito perfecto, & pluſquàm perfecto, Amaviſſe, *avoir aimé*. — Du Parfait indicatif, *i* en *iſſe*.

Futuro, Amatum ire *vel* amaturum eſſe, *qui aimera*, *devoir aimer*. — Cõpoſé du ſupin en *um* avec *ire* : ou du Participe futur, avec *eſſe*.

Gerundia, Amandi, *d'aimer*, amando *en aimant*, amandum, *à aimer*, ou *pour aimer*. — *o* de l'indicatif en *andi*.

Supina, Amatum, *aller aimer*, amatu, *d'eſtre aimé*. — *o* en *atum*.

Participia, præſentis, Amans, amantis, *aimant*, ou *qui aime*. — *o* en *ans*.

Futuro, Amaturus, amatura, amaturum, *qui aimera*, ou *qui doit aimer*. — Du ſupin *um* en *urus*.

LE PASSIF.

INdicativo modo, tempore præſenti, Amor, *je ſuis aimé*, amaris *vel* amare, *tu es aimé*, amatur, *il eſt aimé*. Pluraliter, Amamur, *nous ſommes aimez*, amamini, *vous eſtes aimez*, amantur, *ils ſont aimez*. — De l'indicatif actif, ajoûtant *r*.

Præterito imperfecto, Amabar, *j'eſtois aimé*, amabaris *vel* amabare, *tu eſtois aimé*. amabatur, *il eſtoit aimé*. Pluraliter, Amabamur, *nous eſtions aimez*, amabamini, *vous eſtiez aimez*, amabantur, *ils eſtoient aimez*. — Du preſent, changeant *or* en *abar*.

Præterito perfecto, Amatus ſum *vel* fui, *j'ay eſté aimé*, amatus es *vel* fuiſti, *tu as eſté aimé*, amatus eſt *vel* fuit, *il a eſté aimé*. Pluraliter. Amati ſumus *vel* fuimus, *nous avons eſté aimez*, amati eſtis *vel* fuiſtis, *vous* — Compoſé du Participe parfait paſſif, avec *ſum* ou *fui*.

avez esté aimez, amati sunt, fuerunt *vel* fuêre, *ils ont esté aimez*. Autrement, *je fus aimé*, *tu fus aimé*, *il fut aimé* : *nous fusmes aimez*, *vous fustes aimez*, *ils furent aimez*.

Composé du Participe parfait passif avec *eram* ou *fueram*.

Præterito plusquàm-perfecto, Amatus eram *vel* fueram, *j'avois esté aimé*, amatus eras *vel* fueras, *tu avois esté aimé*, amatus erat *vel* fuerat, *il avoit esté aimé*. Pluraliter, Amati eramus *vel* fueramus, *nous avions esté aimez*, amati eratis *vel* fueratis, *vous aviez esté aimez*, amati erant *vel* fuerant, *ils avoient esté aimez*.

Du Present, changeant *or* en *abor*.

Futuro, Amabor, *je serai aimé*, amaberis *vel* amabere, *tu seras aimé*, amabitur, *il sera aimé*. Pluraliter, Amabimur, *nous serons aimez*, amabimini, *vous serez aimez*, amabuntur, *ils seront aimez*.

IMPERATIF.

Du present Indic. changeant *or* en *are*.

IMperativo modo tempore præsenti, Amare, *sois aimé*, ametur, *qu'il soit aimé*. Pluraliter, Amemur, *soyons aimez*, amamini, *soyez aimez*, amentur, *qu'ils soient aimez*.

or en *ator*.

Futuro, Amator [tu] *sois aimé*, amator [ille] *qu'il soit aimé*. Pluraliter, Amemur, *soyons aimez*, amaminor, *soyez aimez*, amantor, *qu'ils soient aimez*.

OPTATIF.

De l'Infinitif, changeant *re* en *rer*.

OPtativo modo tempore præsenti, & præterito imperfecto, Amarer, *que je fusse aimé*, amareris *vel* amarere, *que tu fusses aimé*, amaretur, *qu'il fust aimé*. Pluraliter, Amaremur, *que nous fussions aimez*, amaremini, *que vous fussiez aimez*, amarentur, *qu'ils fussent aimez*.

Præterito perfecto & plusquàm perfecto, Amatus essem *vel* fuissem *j'eusse esté aimé*, amatus esses *vel* fuisses *tu eusses esté aimé*, amatus esset *vel* fuisset, *il eust esté aimé*. Pluraliter, Amati essemus, *vel* fuissemus *nous eussions esté aimez*, amati essetis *vel* fuissetis *vous eussiez esté aimez*, amati essent *vel* fuissent *ils eussent esté aimez*.

Composé du Participe passif avec *essem* ou *fuissem*.

Futuro, Amer *que je sois aimé*, ameris *vel* amere *que tu sois aimé*, ametur *qu'il soit aimé*. Pluraliter, Amemur *que nous soyons aimez*, amemini *que vous soyez aimez*, amentur, *qu'ils soient aimez*.

Du Present, changeant *or* en *er*.

SUBJONCTIF.

Subjunctivo modo tempore præsenti, Amer *que je sois aimé*, ameris *vel* amere *que tu sois aimé*, ametur *qu'il soit aimé*. Pluraliter Amemur *que nous soyons aimez*, amemini *que vous soyez aimez*, amentur *qu'ils soient aimez*.

Du Present Indicatif châgeant *or* en *er*.

Præterito imperfecto, Amarer *je serois aimé*, amareris *vel* amarere *tu serois aimé*, amaretur *il seroit aimé*. Pluraliter, Amaremur *nous serions aimez*, amaremini *vous seriez aimez*, amarentur *ils seroient aimez*.

De l'Infinitif, changeant *ri* en *rer*.

Præterito perfecto, Amatus sim *vel* fuerim *que j'aye esté aimé*, amatus sis *vel* fueris *que tu ayes esté aimé*, amatus sit *vel* fuerit *qu'il ait esté aimé*. Pluraliter, Amati simus *vel* fuerimus *que nous ayons esté aimez*, amati sitis *vel* fueritis *que vous ayez esté aimez*, amati sint *vel* fuerint *qu'ils ayent esté aimez*.

Composé du Participe passif avec *sim*, ou *fuerim*.

Præterito plusquàm-perfecto, Amatus essem *vel* fuissem *j'aurois esté aimé*, amatus esses *vel* fuisses *tu aurois esté aimé*, amatus

Composé du participe passif avec *essem* ou *fuissem*.

esset, *vel* fuisset, *il auroit esté aimé*. Pluraliter, Amati essemus *vel* fuissemus, *nous aurions esté aimez*, amati essetis *vel* fuissetis, *vous auriez esté aimez*, amati essent *vel* fuissent, *ils auroient esté aimez*.

Composé du Participe passif, avec *ero*, ou *fuero*.

Futuro, Amatus ero *vel* fuero, *j'auray esté aimé*, amatus eris *vel* fueris, *tu auras esté aimé*, amatus erit *vel* fuerit, *il aura esté aimé*. Pluraliter, Amati erimus *vel* fuerimus, *nous aurons esté aimez*, amati eritis *vel* fueritis, *vous aurez esté aimez*, amati erint *vel* fuerint, *ils auront esté aimez*.

INfinitivo modo, tempore præsenti, & præterito imperfecto, Amari, *estre aimé*

Composé du Participe passif à l'Accusatif avec *esse* ou *fuisse*.

Præterito perfecto, & plusquàm perfecto, Amatum esse *vel* fuisse, *avoir esté aimé*.

Composé du Supin en *um*, avec *iri*, ou du Participe futur, avec *esse*.

Futuro, Amatum iri *vel* amandum esse, *qui sera aimé*.

Gerundia & Supina sicut in Activo, *comme à l'Actif*.

Du supin *um*, en *us*.

Participia, Præteriti, Amatus, amata, amatum, *qui est aimé*, ou *qui a esté aimé*.

Du present *or*, en *andus*.

Futuri, Amandus, amanda, amandum, *qui sera aimé*, ou *qui doit estre aimé*.

REMARQUE.

Tous les Temps dont la formation n'est point marquée dans les autres Conjugaisons, se forment comme en cette premiere Conjugaison.

LA SECONDE CONJUGAISON des Verbes,

Fait la seconde personne de l'indicatif en *es*, & l'infinitif Actif en *ere*, le Passif en *eri*.

L'ACTIF.

INdicativo modo, tempore præsenti, Doceo *j'enseigne*, doces *tu enseigne*, docet *il enseigne*.

Pluraliter, Docemus *nous enseignons*, docetis *vous enseignez*, docent *ils enseignent*.

Du present changeant eo, en ebam.

Præterito imperfecto, Docebam *j'enseignois*, docebas *tu enseignois*, docebat *il enseignoit*. Pluraliter, Docebamus *nous enseignions*, docebatis *vous enseigniez*, docebant *ils enseignoient*.

Du present, changeant eo en ui.

Præterito perfecto, Docui *j'ay enseigné*, docuisti *tu as enseigné*, docuit *il a enseigné*. Pluraliter, Docuimus *nous avons enseigné*, docuistis *vous avez enseigné*, docuerunt *vel* docuêre *ils ont enseigné*. Autrement, *j'enseignay*, *tu enseignas*, *il enseigna* : *nous enseignâmes*, *vous enseignastes*, *ils enseignerent*.

Du parfait changeant, i en eram.

Præterito plusquàm-perfecto, Docueram *j'avois enseigné*, docueras *tu avois enseigné*, docuerat *il avoit enseigné*. Pluraliter Docueramus *nous avions enseigné*, docueratis *vous aviez enseigné*, docuerant *ils avoient enseigné*,

Du present, changeant eo en ebo.

Futuro, Docebo *j'enseigneray*, docebis *tu enseigneras*, docebit *il enseignera*. Pluraliter, Docebimus *nous enseignerons*, docebitis *vous enseignerez*, docebunt *ils enseigneront*.

Du present indic. changeant *eo* en *e* ou ôtant *o*.

IMperativo modo tempore præsenti, Doce *enseigne*, doceat *qu'il enseigne*. Pluraliter, Doceamus *enseignons*, docete *enseignez*, doceant *qu'ils enseignent*.

Futuro, Doceto [tu] *enseigne*, doceto [ille] *qu'il enseigne*. Pluraliter, Doceamus *enseignons*, docetote *enseignez*, docento *qu'ils enseignent*.

OPtativo modo tempore præsenti, & præterito imperfecto, Docerem *que j'enseignasse*, doceres *que tu enseignasses*, doceret *qu'il enseignast*. Pluraliter, Doceremus *que nous enseignassions*, doceretis *que vous enseignassiez*, docerent *qu'ils enseignassent*.

Præterito perfecto & plusquàm-perfecto, Docuissem *j'eusse enseigné*, docuisses *tu eusses enseigné*, docuisset *il eust enseigné*. Pluraliter, Docuissemus *nous eussions enseigné*, docuissetis *vous eussiez enseigné*, docuissent *ils eussent enseigné*.

Futuro, Doceam *que j'enseigne*, doceas *que tu enseignes*, doceat *qu'il enseigne*. Pluraliter, Doceamus *que nous enseignions*, doceatis *que vous enseigniez*, doceant *qu'ils enseignent*.

Du present Indic changeant *o* en *am*.

SUbjunctivo modo tempore præsenti, Doceam *que j'enseigne*, doceas *que tu enseignes*, doceat *qu'il enseigne*. Pluraliter, Doceamus *que nous enseignions*, doceatis *que vous enseigniez*, doceant *qu'ils enseignent*.

Præterito imperfecto, Docerem *j'enseignerois*, doceres *tu enseignerois*, doceret *il enseigneroit*. Pluraliter, Doceremus *nous enseignerions*, doceretis *vous enseigneriez*, docerent *ils enseigneroient*.

Præterito perfecto, Docuerim *que j'aye enseigné*, docueris *tu ayes enseigné*, docuerit *il ait enseigné*. Pluraliter Docuerimus *nous ayons enseigné*, docueritis *vous ayez enseigné*, docuerint *ils ayent enseigné*.

Præterito plusquàm-perfecto. Docuissem *j'aurois enseigné* docuisses, *tu aurois enseigné*, docuisset *il auroit enseigné*. Pluraliter, Docuissemus *nous aurions enseigné*, docuissetis *vous auriez enseigné*, docuissent *ils auroient enseigné*.

Futuro Docuero *j'auray enseigné*, docueris *tu auras enseigné*, docuerit, *il aura enseigné*. Pluraliter, Docuerimus *nous aurons enseigné*, docueritis *vous aurez enseigné*, docuerint *ils auront enseigné*.

Infinitivo modo tempore præsenti & præterito imperfecto, Docere *enseigner*.

Præterito perfecto & plusquàm-perfecto, Docuisse *avoir enseigné*.

Futuro, Doctum ire *vel* docturum esse, *qui enseignera*.

Gerundia, Docendi *d'enseigner*, docendo *en enseignant*, docendum *à enseigner* ou *pour enseigner*. (eo *en* endi.)

Supina, Doctum *aller enseigner*, doctu *d'estre enseigné*.

Participia præsentis, Docens, entis *enseignant* ou *qui enseigne* [eo *en* ens] Futuri, Docturus, doctura, docturum, *qui enseignera*, ou *qui doit enseigner*.

LE PASSIF.

Indicativo modo tempore præsenti, Doceor *je suis enseigné*, doceris *vel* docere *tu es enseigné*, docetur *il est enseigné*. Pluraliter, Docemur *nous sommes enseignez*, docemini *vous estes enseignez*, docentur *ils sont enseignez*.

Præterito imperfecto, Docebar *j'estois enseigné*, docebaris *vel* docebare *tu estois enseigné*, docebatur *il estoit enseigné*. Pluraliter, Docebamur *nous estions enseignez*, docebamini *vous estiez enseignez*, docebantur, *ils estoient enseignez*.

Du present, changeant *eor*, en *ebar*.

Præterito perfecto, Doctus sum *vel* fui, *j'ay esté enseigné*, doctus es *vel* fuisti, *tu as esté enseigné*, doctus est *vel* fuit, *il a esté enseigné*. Pluraliter, Docti sumus *vel* fuimus, *nous avons esté enseignez*, docti estis *vel* fuistis *vous avez esté enseignez*, docti sunt, fuerunt *vel* fuere, *ils ont esté enseignez*, Autrement, *je fus enseigné*, *tu fus enseigné*, *il fut enseigné*. *Nous fusmes enseignez*, *vous fustes enseignez*, *ils furent enseignez*. *Comme au Passif*, Amatus sum.

Præterito plusquàm-perfecto, Doctus eram, *vel* fueram *j'avois esté enseigné*, doctus eras *vel* fueras *tu avois esté enseigné :* doctus erat *vel* fuerat *il avoit esté enseigné*. Pluraliter, Docti eramus *vel* fueramus *nous avions esté enseignez*, docti eratis *vel* fueratis *vous aviez esté enseignez*, docti erant *vel* fuerant *ils avoient esté enseignez*.

Du present, changeant *eor*, en *ebor*. Futuro, Docebor, *je seray enseigné*, doceberis *vel* docebere *tu seras enseigné*, docebitur *il sera enseigné*. Pluraliter, Docebimur *nous serons enseignez*, docebimini *vous serez enseignez*, docebantur *ils seront enseignez*.

IMperativo modo, tempore præsenti, Docere *sois enseigné*, doceatur *qu'il soit enseigné*. Pluraliter, Doceamur *soyons enseigné* (eor *en* ere.)

Futuro, Docetor (tu) *sois enseigné*, docetor (ille) *qu'il soit enseigné*. Pluraliter, Doceamur, *soyons enseignez*, doceminor *soyez enseignez*, docentor *qu'ils soient enseignez*.

OPtativo modo tempore præsenti, & præterito imperfecto, Docerer *que je fusse enseigné*, docereris *vel* dorere *que tu fusses enseigné*, doceretur *qu'il fust enseigné*. Pluraliter, Doceremur *que nous fussions enseignez*, doceremin *que vous fussiez enseignez*, docerentur *qu'ils fussent enseignez*.

Præterito perfecto & plusquàm-perfecto, Doctus essem *vel* fuissem *j'eusse esté enseigné*, doctus esses *vel* fuisses *tu eusses esté enseigné*, doctus esset *vel* fuisset *il eust esté enseiné*. Pluraliter, Docti essemus *vel* fuissemus *nous eussions esté enseignez*, docti essetis *vel* fuissetis *vous eussiez esté enseignez*, docti essent *vel* fuissent *ils eussent esté enseignez*.

Futuro, Docear *que je sois enseigné*, docearis *vel* doceare *que tu sois enseigné* doceatur *qu'il soit enseigné*. Pluraliter, Doceamur *que nous soyons enseignez*, doceamini *que vous soyez enseignez*, doceantur *qu'ils soient enseignez*.

SUbjunctivo modo tempore præsenti, Docear, *que je sois enseigné*, docearis *vel* doceare, *que tu sois enseigné*, doceatur, *qu'il soit enseigné*. Pluraliter, Doceamur, *que nous soyons enseignez*, doceamini, *que vous soyez enseignez*, doceantur, *qu'ils soient enseignez*. (or en ar.)

Præterito imperfecto, Docerer, *je serois enseigné*, docereris, *vel* docerere, *tu serois enseigné*, doceretur, *il seroit enseigné*. Pluraliter, Doceremur, *nous serions enseignez*, doceremini, *vous seriez enseignez*, docerentur, *ils seroient enseignez*.

Præterito perfecto, Doctus sim *vel* fuerim, *que j'aye esté enseigné*, doctus sis *vel* fueris, *que tu ayes esté enseigné*, doctus sit *vel* fuerit, *qu'il ait esté enseigné*. Pluraliter, Docti simus *vel* fuerimus, *que nous ayons esté enseignez*, docti sitis *vel* fueritis, *que vous ayez esté enseignez*, docti sint *vel* fuerint, *qu'ils ayent esté enseignez*.

Præterito plusquàm perfecto, Doctus essem *vel* fuissem, *j'aurois esté enseigné*, doctus esses *vel* fuisses, *tu aurois esté enseigné*, doctus esset *vel* fuisset, *il auroit esté enseigné*. Pluraliter, Docti essemus *vel* fuissemus, *nous aurions esté enseignez*, docti essetis *vel* fuissetis, *vous auriez esté enseignez*, docti essent *vel* fuissent, *ils auroient esté enseignez*.

Futuro, Doctus ero *vel* fuero, *j'aurai esté enseigné*, doctus eris *vel* fueris, *tu auras esté enseigné*, doctus erit *vel* fuerit, *il aura esté enseigné*. Pluraliter, Docti erimus *vel* fuerimus, *nous aurons esté enseignez*, docti eritis *vel* fueritis, *vous aurez esté enseignez*, docti erint *vel* fuerint, *ils auront esté enseignez*.

INfinitivo modo tempore præsenti & præterito imperfecto, Doceri, *estre enseigné*.

Præterito perfecto & plusquàm-perfecto, Doctum esse *vel* fuisse, *avoir esté enseigné*.

Futuro, Doctum iri *vel* docendum esse, *qui sera enseigné*.

Gerundia & Supina sicut in Activo, *comme à l'Actif*.

Participia præteriti, Doctus, docta, doctũ, *qui est enseigné*.

Futuri, Docendus, docenda, docendum, *qui sera enseigné ou qui doit estre enseigné*. (eor en endus.)

LA TROISIE'ME CONJUGAISON des Verbes,

Fait la seconde Personne de l'Indicatif en *is*, & l'Infinitif Actif en *ere* bref, le Passif en *i*.

L'ACTIF.

Indicativo modo tempore præsenti, Lego, *je lis*, legis, *tu lis*, legit, *il lit*. Pluraliter, Legimus, *nous lisons*, legitis, *vous lisez*, legunt, *ils lisent*.

Du present, changeant *o* en *ebam*.

Præterito imperfecto, Legebam, *je lisois*, legebas, *tu lisois*, legebat, *il lisoit*. Pluraliter, Legebamus, *nous lisions*, legebatis, *vous lisiez*, legebant, *ils lisoient*.

Præterito perfecto, Legi, *j'ai leu*, legisti, *tu as leu*, legit, *il a leu*. Pluraliter, Legimus, *nous avons leu*, legistis, *vous avez leu*, legerunt *vel* legêre, *ils ont leu*.

Præterito plusquàm-perfecto, Legeram, *j'avois leu*, legeras, *tu avois leu*, legerat, *il avoit leu*. Pluraliter, Legeramus, *nous avions leu*, legeratis, *vous aviez leu*, legerant, *ils avoient leu*.

Du present, changeant *o* en *am*.

Futuro, Legam, *je lirai*, leges, *tu liras*, leget, *il lira*. Pluraliter, Legemus, *nous lirons*, legetis, *vous lirez*, legent, *ils liront*.

Imperativo modo tempore præsenti, Lege, *lis*, legat, *qu'il lise*. Pluraliter, Legamus, *lisons*, legite, *lisez*, legant, *qu'ils lisent*. [o *en* e.]

Futuro, Legito (tu) *lis*, legito (ille) *qu'il lise*. Pluraliter, Legamus, *lisons*, legitote, *lisez*, legunto, *qu'ils lisent*.

Optativo modo tempore præsenti & præterito imperfecto, Legerem, *que je leusse*, legeres, *que tu leusses*, legeret, *qu'il leust*. Pluraliter, Legeremus, *que nous leussions*, legeretis, *que vous leussiez*, legerent, *qu'ils leussent*.

Præterito perfecto & plusquàm-perfecto, Legissem, *j'eusse leu*, legisses, *tu eusses leu*, legisset, *il eust leu*. Pluraliter, Legissemus, *nous eussions leu*, legissetis, *vous eussiez leu*, legissent, *ils eussent leu*.

Futuro, Legam, *que je lise*, legas, *que tu lise*, legat, *qu'il lise*. Pluraliter, Legamus, *que nous lisions*, legatis, *que vous lisiez*, legant, *qu'ils lisent*.

SUbjunctivo modo tempore præsenti, Legam, *que je lise*, legas, *que tu lises*, legat, *qu'il lise*. Pluraliter, Legamus, *que nous lisions*, legatis, *que vous lisiez*, legant, *qu'ils lisent*. (o *en* am.)

Præterito imperfecto, Legerem, *je lirois*, legeres, *tu lirois*, legeret, *il liroit*. Pluraliter, Legeremus, *nous lirions*, legeretis, *vous liriez*, legerent, *ils liroient*.

Præterito perfecto, Legerim, *que j'aye leu*, legeris, *que tu ayes leu*, legerit, *qu'il ait leu*. Pluraliter, Legerimus, *que nous ayons leu*, legeritis, *que vous ayez leu*, legerint, *qu'ils ayent leu*.

Præterito plusquàm-perfecto, Legissem, *j'aurois leu*, legisses, *tu aurois leu*, legisset, *il auroit leu*. Pluraliter, Legissemus, *nous aurions leus*, legissetis, *vous auriez leu*, legissent, *ils auroient leu*.

Futuro, Legero, *j'aurai leu*, legeris, *tu auras leu*, legerit, *il aura leu*. Pluraliter, Legerimus, *nous aurons leu*, legeritis, *vous aurez leu*, legerint, *ils auront leu*.

INfinitivo modo tempore præsenti, & præterito imperfecto, Legere, *lire*.

Præterito perfecto & plusquàm-perfecto, Legisse, *avoir leu*.

Futuro, Lectum ire, *vel* lecturum esse, *devoir lire*.

Gerundia, Legendi, *de lire*, legendo, *en lisant*, legendum, *à lire* ou *pour lire*.

Supina, Lectum, *aller lire*, lectu, *d'estre leu*.

Participia præsentis, legens, legentis, *lisant*. [o *en* ens.]

Futuri, Lecturus, lectura, lecturum, *qui lira*, ou *qui doit lire*.

LE PASSIF.

INdicativo modo tempore præſenti, Legor, *je ſuis leu*, legeris *vel* legere, *tu es leu*, legitur, *il eſt leu*. Pluraliter, Legimur, *nous ſommes leus*, legimini, *vous eſtes leus*, leguntur, *ils ſont leus*.

Præterito imperfecto, Legebar, *j'eſtois leu*, legebaris *vel* legebare, *tu eſtois leu*, legebatur, *il eſtoit leu*. Pluraliter, Legebamur, *nous eſtions leus*, legebamini, *vous eſtiez leus*, legebantur, *ils eſtoient leus*. (or *en* ebar.)

Præterito perfecto, Lectus ſum *vel* fui, *j'ay eſté leu*, lectus es *vel* fuiſti, *tu as eſté leu*, lectus eſt *vel* fuit, *il a eſté leu*. Pluraliter, Lecti ſumus *vel* fuimus, *nous avons eſté leus*, lecti eſtis *vel* fuiſtis, *vous avez eſté leus*, lecti ſunt, fuerunt *vel* fuêre, *ils ont eſté leus*.

Præterito plusquàm-perfecto, Lectus eram *vel* fueram, *j'avois eſté leu*, lectus eras *vel* fueras, *tu avois eſté leu*, lectus erat *vel* fuerat, *il avoit eſté leu*. Pluraliter, Lecti eramus *vel* fueramus, *nous avions eſté leus*, lecti eratis *vel* fueratis, *vous aviez eſté leus*, lecti erant *vel* fuerant, *ils avoient eſté leus*.

Futuro, Legar, *je ſerai leu*, legêris, *vel* legêre, *tu ſeras leu*, legetur, *il ſera leu*. Pluraliter, Legemur, *nous ſerons leus*, legemini, *vous ſerez leus*, legentur, *ils ſeront leus*. (or *en* ar.)

IMperativo modo tempore præſenti, Legere, *ſois leu*, legatur, *qu'il ſoit leu*.

Pluraliter, Legamur, *ſoyons leus*, legimini, *ſoyez leus*, legantur, *qu'ils ſoient leus*. (or *en* ere.)

Futuro, Legitor [tu] legitor [ille.] Pluraliter, Legamur, legiminor, leguntor.

OPtativo modo tempore præſenti, & præterito imperfecto, Legerer, *que je fuſſe leu*, legereris *vel* legerere, *que tu fuſſes leu*, legeretur, *qu'il fuſt leu*. Pluraliter, Legeremur, *que nous fuſſions leus*, legeremini, *que vous fuſſiez leus*, legerentur, *qu'ils fuſſent leus*.

Præterito perfecto & plusquàm perfecto, Lectus essem *vel* fuissem, *j'eusse esté leu*, lectus esses *vel* fuisses, *tu eusses esté leu*, lectus esset *vel* fuisset, *il eust esté leu*. Pluraliter, Lecti essemus *vel* fuissemus, *nous eussions esté leus*, lecti essetis *vel* fuissetis. *vous eussiez esté leus*, lecti essent *vel* fuissent, *ils eussent esté leus*.

Futuro, Legar, *que je sois leu*, legaris *vel* legare, *que tu sois leu*, legatur, *qu'il soit leu*. Pluraliter, Legamur, *que nous soyons leus*, legamini, *que vous soyez leus*, legantur, *qu'ils soient leus*.

SUbjunctivo modo tempore præsenti, Legar *que je sois leu*, legaris *vel* legare *que tu sois leu*, legatur *qu'il soit leu*. Pluraliter, Legamur, *que nous soyons leus*, legamini, *que vous soyez leus*, legantur, *qu'ils soient leus*. (or en ar.)

Præterito imperfecto, Legerer, *je serois leu*, legereris *vel* legerere, *tu serois leu*, legeretur, *il seroit leu*. Pluraliter, Legeremur, *nous serions leus*, legeremini, *vous seriez leus*, legerentur, *ils seroient leus*.

Præterito perfecto, Lectus sim *vel* fuerim *que j'aye esté leu*, lectus sis *vel* fueris, *que tu ayes esté leu*, lectus sit *vel* fuerit, *qu'il ait été leu*. Pluraliter, Lecti simus *vel* fuerimus, *que nous ayons esté leus*, lecti sitis *vel* fueritis, *que vous ayez esté leus*, lecti sint *vel* fuerint, *qu'ils ayent esté leus*.

Præterito plusquàm-perfecto. Lectus essem, *vel* fuissem, *j'aurois esté leu*, lectus esses *vel* fuisses, *tu aurois esté leu*, lectus esset *vel* fuisset, *il auroit ete leu*. Pluraliter, Lecti essemus *vel* fuissemus, *nous aurions este leus*, lecti essetis *vel* fuissetis, *vous auriez este leus*, lecti essent *vel* fuissent, *ils auroient esté leus*.

Futuro, Lectus ero *vel* fuero, *j'aurai esté leu*, lectus eris *vel* fueris, *tu auras esté leu*, lectus erit *vel* fuerit, *il aura esté leu*. Pluraliter, Lecti erimus *vel* fuerimus, *nous aurons, esté leus*, lecti eritis *vel* fueritis, *vous aurez esté leus*, lecti erunt *vel* fuerint, *ils auront esté leus*.

INfinitivo modo, tempore præsenti & præterito imperfecto, Legi, *estre leu.* (o *en* i.)

Præterito perfecto & plusquàm perfecto, Lectum esse, *vel* fuisse, *avoir esté leu.*

Futuro, Lectum iri, *vel* legendum esse, *qui sera leu.*

Gerundia & Supina ut in Activo, *comme à l'Actif.*

Participia præteriti, Lectus, lecta, lectum, *qui a esté leu.*

Futuri, Legendus, legenda, legendum, *qui sera leu,* ou *qui doit estre leu.*

LA QUATRIE'ME CONJUGAISON des Verbes,

Fait la seconde Personne de l'Indicatif en *is,* & l'Infinitif Actif en *ire,* le Passif en *iri.*

L'ACTIF.

INfinitivo modo, tempore præsenti. Audio, *j'entends,* audis, *tu entends,* audit, *il entend.* Pluraliter, Audimus, *nous entendons,* auditis, *vous entendez,* audiunt, *ils entendent.*

Præterito imperfecto, Audiebam, *j'entendois,* audiebas, *tu entendois,* audiebat, *il entendoit.* Pluraliter, Audiebamus, *nous entendions,* audiebatis, *vous entendiez,* audiebant, *ils entendoient.*

Præterito perfecto, Audivi, *j'ay entendu,* ou *j'ai oüy,* audivisti, *tu as oüy,* audivit, *il a oüy.* Pluraliter, Audivimus, *nous avons oüy,* audivistis, *vous avez oüy,* audiverunt *vel* audivêre, *ils ont oüy.* Autrement, *j'oüys, tu oüys, il oüyt: nous oüymes, vous oüytes, ils oüyrent.*

Præterito plusquàm-perfecto, Audiveram, *j'avois oüy,* audiveras, *tu avois oüy,* audiverat, *il avoit oüy.* Pluraliter, Audiveramus, *nous avions oüy,* audiveratis, *vous aviez oüy,* audiverant, *ils avoient oüy.*

Futuro,

Futuro, Audiam *j'entendray*, audies *tu entendras*, audiet *il entendra*. Pluraliter, Audiemus *nous entendrons*, audietis *vous entendrez*, audient *ils entendront*.

IMperativo modo, tempore præsenti, Audi *entends*, audiat *qu'il entende*. Pluraliter, Audiamus *oyons* ou *entendons*, audite *entendez*, audiant *qu'ils entendent*.

Futuro, Audito (tu) audito (ille.) Pluraliter, Audiamus, auditote, audiunto.

OPtativo modo tempore præsenti, & præterito imperfecto, Audirem *que j'entendisse*, audires *que tu entendisse*, audiret *qu'il entendist*. Pluraliter, Audiremus *que nous entendissions*, audiretis *que vous entendissiez*, audirent *qu'ils entendissent*.

Præterito perfecto, & plusquàm-perfecto, Audivissem, *j'eusse oüy*, audivisses, *tu eusses oüy*, audivisset *il eust oüy*. Pluraliter, Audivissemus, *nous eussions oüy*, audivissetis *vous eussiez oüy*, audivissent *ils eussent oüy*.

Futuro, Audiam *que j'entende*, audias *que tu entende*, audiat *qu'il entende*. Pluraliter, Audiamus, *que nous entendions*, audiatis *que vous entendiez*, audiant *qu'ils entendent*.

SUbjunctivo modo tempore præsenti, Audiam *que j'entende*, Audias *que tu entende*, audiat *qu'il entende*.

Pluraliter, Audiamus *que nous entendions*, audiatis *que vous entendiez*, audiant *qu'ils entendent*.

Præterito imperfecto, Audirem *j'entendrois*, audires *tu entendrois*, audiret *il entendroit*. Pluraliter, Audiremus *nous entendrions*, audiretis *vous entendriez*, audirent *ils entendroient*.

Præterito perfecto, Audiverim *que j'aye oüy*, audiveris *que tu ayes oüy*, audiverit *qu'il ait oüy*. Pluraliter, Audiverimus *que nous ayons oüy*, audiveritis *que vous ayez oüy*, audiverint *qu'ils ayent oüy*.

Præterito plusquàm perfecto, Audivissem *j'aurois oüy*, audivisses *tu aurois oüy*, audivisset *il auroit oüy*. Pluraliter, Audivissemus *nous aurions oüy*, audivissetis *vous auriez oüy*, audivissent *ils auroient oüy*.

Futuro, Audivero *j'auray oüy*, audiveris *tu auras oüy*, audiverit *il aura oüy*. Pluraliter, Audiverimus *nous aurons oüy*, audiveritis *vous aurez oüy*, audiverint *ils auront oüy*.

INfinitivo modo tempore præsenti, & præterito imperfecto, Audire *oüyr* ou *entendre*.

Præterito perfecto & plusquàm perfecto, Audivisse *avoir oüy*.

Futuro, Auditum ire *vel* auditurum esse *qui entendra*.

Gerundia, Audiendi *d'oüyr*, audiendo *en oyant*, audiendum *à oüyr* ou *pour oüyr*.

Supina, Auditum *aller oüyr*, auditu *d'estre oüy*.

Participia præsentis, Audiens, audientis, *oyant* ou *qui entend*.

Futuri, Auditurus, auditura, auditurum, *qui entendra*, ou *qui doit oüyr*.

LE PASSIF.

INdicativo modo tempore præsenti, Audior *je suis oüy*, audiris *vel* audire *tu es oüy*, auditur, *il est oüy*. Pluraliter, Audimur *nous sommes oüys*, audimini *vous estes oüys*, audiuntur *ils sont oüys*.

Præterito imperfecto, Audiebar *j'estois oüy*, audiebaris *vel* audiebare *tu estois oüy*, audiebatur *il estoit oüy*, Pluraliter, Audiebamur *nous estions oüys*, audiebamini *vous estiez oüys*, audiebantur *ils estoient oüys*.

Præterito perfecto, Auditus sum *vel* fui *j'ay esté oüy*, auditus es *vel* fuisti *tu as esté oüy*, auditus est *vel* fuit, *il a esté oüy*. Pluraliter, Auditi sumus *vel* fuimus *nous avons esté oüys*, auditi estis *vel* fuistis *vous avez esté oüys*, auditi sunt fuerunt *vel* fuêre *ils ont esté oüys*.

Præterito plusquàm perfecto, Auditus eram *vel* fueram *j'avois esté oüy*, auditus eras *vel* fueras *tu avois esté oüy*, auditus erat *vel* fuerat *il avoit esté oüy*. Pluraliter. Auditi eramus *vel* fueramus *nous avions esté oüys*, auditi eratis *vel* fueratis *vous aviez esté oüys*, auditi erant *vel* fuerant *ils avoient esté oüys*.

Futuro, Audiar *je seray oüy*, audieris *vel* audière *tu seras* ouï, audietur *il sera ouï*. Plur. Audiemur *nous serons ouïs*, audiemini *vous serez ouïs*, audientur *ils seront ouïs*.

IMperativo modo, tempore præsenti, Audire *sois ouï*, audiatur *qu'il soit ouï*.

Pluraliter, Audiamur *soyons ouï*, audimini *soyez ouïs*, audiantur *qu'ils soient ouïs*.

Futuro, Auditor (tu) auditor (ille.) Pluraliter, Audiamur, audiminor, audiuntor.

OPtativo modo, tempore præsenti & Præterito Imperfecto, Audirer *que je fusse ouï*, audireris *vel* audirere *que tu fusses ouï*, audiretur *qu'il fust ouï*. Pluraliter, Audiremur *que nous fussions ouïs*, audiremini *que vous fussiez ouïs*, audirentur *qu'ils fussent ouïs*.

Præterito perfecto & plusquam-perfecto, Auditus essem *vel* fuissem *j'eusse esté ouï*, auditus esses *vel* fuisses *tu eusses esté ouïs*, auditus esset *vel* fuisset *il eut esté ouï*. Pluraliter, Auditi essemus *vel* fuissemus, *nous eussions esté ouïs*, auditi essetis *vel* fuissetis, *vous eussiez esté ouïs*, auditi essent *vel* fuissent, *ils eussent esté ouïs*.

Futuro, Audiar *que je sois ouï*, audiaris *vel* audiare *que tu sois ouï*, audiatur *qu'il soit ouï*. Pluraliter, Audiamur *que nous soyons ouïs*, audiamini *que vous soyez ouïs*, audiantur *qu'ils soient ouïs*.

SUbjunctivo modo, tempore præsenti, Audiar *que je sois ouï*, audiaris *vel* audiare *que tu sois ouï*, audiatur *qu'il soit ouï*. Pluralit. Audiamur *que nous soyons ouïs*, audiamini *que vous soyez ouïs*, audiantur *qu'ils soient ouïs*.

Præterito Imperfecto, Audirer *je serois ouï*, audireris *vel* audirere *tu serois ouï*, audiretur *il seroit ouï*. Pluraliter, Audiremur *nous serions ouïs*, audiremini *vous seriez ouïs*, audirentur, *ils seroient ouïs*.

Præterito Perfecto, Auditus sim *vel* fuerim *que j'aye esté ouï*, auditus sis *vel* fueris *que tu ayes esté ouï*, auditus sit *vel* fuerit *qu'il ait esté ouï*.

Plur. Auditi simus *vel* fuerimus *que nous ayons esté ouïs*, auditi sitis *vel* fueritis *que vous ayez esté oüi*, auditi sint *vel* fuerint *qu'ils ayent esté oüis.*

Præterito Plusquàm-perfecto, Auditus essem *vel* fuissem *j'aurois esté oüi*, auditus esses *vel* fuisses *tu aurois esté oüi*, auditus esset *vel* fuisset *il auroit esté oüi.* Pluraliter, Auditi essemus *vel* fuissemus *nous aurions esté oüis*, auditi essetis *vel* fuissetis *vous auriez esté oüis*, auditi essent *vel* fuissent *ils auroient esté oüis.*

Futuro, Auditus ero *vel* fuero *j'aurai esté oüi*, auditus eris *vel* fueris *tu auras esté oüi*, auditus erit *vel* fuerit *il aura esté oüi.* Pluraliter, Auditi erimus *vel* fuerimus *nous aurons esté oüis*, auditi eritis *vel* fueritis *vous aurez esté oüis*, auditi erint vel fuerint, *ils auront esté oüis.*

INfinitivo modo tempore præsenti, & præterito imperfecto, Audiri *estre oüi.*

Præterito perfecto & plusquàm-perfecto, Auditum esse *vel* fuisse *avoir esté oüi.*

Futuro, Auditum iri *vel* audiendum esse *qui sera oüi.*

Gerundia & Supina sicut in Activo, *comme à l'Actif.*

Participia Præteriti, Auditus, a, um, *qui est oüi.*

Futuri, Audiendus, audienda, audiendum, *qui sera oüi*, ou *doit estre oüi.*

DES VERBES NEUTRES.

Les Verbes Neutres se conjuguent comme l'Actif. Exemple, *de la quatriéme Conjugaison.*

INdicativi præsens, Venio *je viens*, venis *tu viens*, venit *il vient.* Pluraliter, Venimus *nous venons*, venitis *vous venez*, veniunt, *ils viennent.*

Imperfectum, Veniebam *je venois*, veniebas *tu venois*, veniebat *il venoit.* Pluraliter, Veniebamus, *nous venions*, veniebatis *vous veniez*, veniebant *ils venoient.*

Perfectum, Veni *je suis venu*, venisti *tu es venu*, venit

il est venu. Pluraliter, Venimus *nous sommes venus*, venistis *vous estes venus*, venerunt *vel* venêre *ils sont venus*.

Plusquàm-perfectum, Veneram *j'estois venu*, veneras *tu estois venu*, venerat *il estoit venu*. Pluraliter, Veneramus *nous estions venus*, veneratis *vous étiez venus*, venerant *ils estoient venus*.

Futurum, Veniam *je viendrai*, venies *tu viendras*, veniet *il viendra*. Pluraliter, Veniemus *nous viendrons*, venietis, *vous viendrez*, venient *ils viendront*.

IMperativi præsens, Veni *viens*, veniat, *qu'il vienne*. Plur. Veniamus *Venons*, venite *venez*, veniant, *qu'ils viennent*.

Futurum, Venito (tu,) venito (ille.) Pluraliter, Veniamus, venitote, veniunto.

SUbjunctivi præsens, Veniam *que je vienne*, venias *que tu vienne*, veniat *qu'il vienne*. Pluraliter, Veniamus, *que nous venions*, veniatis *que vous veniez*, veniant *qu'ils viennent*.

Imperfectum, Venirem *que je vinsse ou je viendrois*, venires *tu viendrois*, veniret *il viendroit*. Plur. Veniremus *nous viendrions*, veniretis *vous viendriez*, venirēt *ils viendroient*.

Perfectum, Venerim *que je sois venu*, veneris *que tu sois venu*, venerit *qu'il soit venu*. Pluraliter, Venerimus *que nous sayons venus*, veneritis, *que vous soyez venus*, venerint *qu'ils soient venus*.

Plusquàm-perfectum, Venissem *je fusse ou je serois venu*, venisses *tu fusses venu*, venisset *il fust venu*. Pluraliter, Venissemus *nous fussions venus*, venissētis, *vous fussiez venus*, venissent *ils fussent venus*.

Futurum, Venero *je serai venu*, veneris *tu seras venu*, venerit *il sera venu*. Plural. Venerimus *nous serons venus*, veneritis *vous serez venus*, venerint *ils seront venus*.

INfinitivi præsens & imperfectum, Venire *venir*.

Perfectum & plusquàm-perfectum, Venisse *estre venu*.

Futurum Ventum ire, *vel* venturum esse *qui viendra ou qui doit venir*.

Gerundia. Veniendi, veniendo, veniendum.

Supina, Ventum, ventu.

Participia præsentis, Veniens, venientis, *venant*, ou *qui vient*.

Futuri, Venturus, a, um, *qui viendra*, ou *qui doit venir*.

Ainsi Ambulo, as, are, *je marche*, Studeo, es, ere, *j'étudie*, (*sans Supin.*) Tremeo, es, ere, *je tremble*, (*Preterit* tremui, *sans Supin.*) *suivent* Amo, as : Doceo, es : Lego, is.

DES VERBES DEPONENS.

Le Verbe Déponent se conjugue comme le Verbe Passif.

EXEMPLE.

DE LA PREMIERE CONJUGAISON.

INdicativi præsens, Precor, *je prie*, precaris *vel* precare, *tu pries*, precatur, *il prie*. Pluraliter, Precamur, *nous prions*, precamini, *vous priez*, precantur, *ils prient*.

Imperfectum, Precabar, *je priois*, precabaris *vel* precabare, &c.

Perfectum, Precatus sum *vel* fui, *j'ai prié* ou *je priay*, &c.

Plusquam-perfectum, Precatus eram *vel* fueram, *j'avois prié*, &c.

Futurum, Precabor, *je prierai*, precaberis *vel* precabere, &c.

IMperativi præsens, Precare, *prie*, precetur, *qu'il prie*. Pluraliter, Precemur, *prions*, precamini, *priez*, precentur, *qu'ils prient*.

Futurum, Precator (tu,) precator (ille.) Pluraliter, Precemur, precaminor, precantor.

SUbjunctivi præsens, Precer, *que je prie*, preceris *vel* precere, *que tu pries*, &c.

Imperfectum, Precarer, *que je priaße* ou *je prierois*, precareris *vel* precarere, *que tu priasse* ou *tu prierois*, &c.

Perfectum, Precatus sim, *vel* fuerim, *que j'aye prié*, precatus sis *vel* fueris, &c.

Plusquàm-perfectum, Precatus essem *vel* fuissem *j'eusse prié* ou *j'aurois prié*, precatus esses *vel* fuisses, &c.

Futurum, Precatus ero *vel* fuero *j'auray prié*, precatus eris *vel* fueris, &c.

INfinitivi præsens & imperfectum, Precari *prier*.

Perfectum & plusquàm perfectum, Precatum esse *vel* fuisse, *avoir prié*.

Futurum, Precatum ire, *vel* precaturum esse *devoir prier*,

Gerundia, Precandi *de prier*, precando *en priant*, precandum *à prier*, ou *pour prier*.

Supina, Precatum, precatu.

Participium præsentis, Precans, Precantis *priant*.

Præteriti, Precatus, a, um, *qui a prié*.

Futuri, Precaturus, a, um *qui priera*, ou *qui doit prier*.

Ainsi dans la seconde; Polliceor, éris *je promets. Participe* Pollicitus, *se conjugue comme* Doceor, éris.

Dans la troisiéme Sequor, eris, *je suis, Participe*, Secutus, *comme* Legor, legeris.

Dans la quatriéme Metior, iris, *je mesure*, *Participe* Mensus, *comme* Audior, iris.

DES VERBES COMMUNS.

Le Verbe Commun se conjugue comme le Passif : ainsi Criminor *je blâme ou je suis blâmé.* Criminaris *tu blâmes, ou tu es blâmé.* Criminatur *il blâme ou il est blâmé*, &c. *comme* Amor, amaris.

Le verbe Sum, *qui ordinairement est en cet endroit, a esté mis devant le Verbe* Amo, *page* 30. *Parce qu'il sert à conjuguer tous les verbes Passifs.*

Les composez de Sum, *comme* Absum *je suis absent*, Adsum, *je suis present, & les autres se conjuguent comme* Sum, *mis en la page* 30. *Excepté ces deux* prosum, *je profite, &* possum, *je peux. Car* prosum *prend un* d *quand il suit une voyelle, &* possum, *de* potis sum *souffre plusieurs contractions, ainsi,*

POSSUM.

INdicativi præsens; Possum *je puis*, ou *je peux*, potes *tu peux*, potest *il peut*. Pluraliter, possumus *nous pouvons*, potestis *vous pouvez*, possunt *ils peuvent*.

Imperfectum, Poteram *je pouvois*, poteras *tu pouvois*, poterat *il pouvoit*. Pluraliter, Poteramus *nous pouvions*, poteratis, *vous pouviez*, poterant *ils pouvoient*.

Perfectum, Potui *j'ay pû*, potuisti *tu as pû*, potuit *il a pû*. Pluraliter, Potuimus *nous avons pû*, potuistis *vous avez pû*, potuerunt *vel* potuêre *ils ont pû*.

Plusquàm-perfectum, Potueram *j'avois pû*, potueras *tu avois pû*, potuerat *il avoit pû*. Pluraliter, Potueramus, *nous avions pû*, potueratis *vous aviez pû*, potuerant *ils avoient pû*.

Futurum, Potero *je pourrai*, poteris *tu pourras*, poterit *il pourra*. Pluraliter, Poterimus *nous pourrons*, poteritis *vous pourrez*, poterunt *ils pourront*.

Imperativo caret. *Il n'a point d'Imperatif.*

Subjunctivi præsens, Possim *que je puisse*, possis *que tu puisses*, possit *qu'il puisse*. Pluraliter, Possimus, *que nous puissions*, possitis *que vous puissiez*, possint *qu'ils puissent*.

Imperfectum, Possem *que je peusse* ou *je pourrois*, posses *que tu peusses*, posset *qu'il peust*. Pluraliter, Possemus *que nous pûssions*, possetis *que vous pûssiez*, possent *qu'ils pûssent*.

Perfectum, Potuerim *que j'aye pû*, potueris *que tu ayes pû* potuerit *qu'il ait pû*. Pluraliter, Potuerimus *que nous ayons pû*, potueritis *que vous ayez pû*, potuerint *qu'ils ayent pû*.

Plusquàm-perfectum, Potuissem *j'eusse pû* ou *j'aurois pû*, potuisses *tu eusses pû*, potuisset *il eust pû*. Pluraliter, Potuissemus *nous eussions pû*, potuissetis *vous eussiez pû*, potuissent *ils eussent pû*.

Futurum, Potuero *j'aurai pû*, potueris *tu auras pû*, potuerit *il aura pû*. Pluraliter, Potuerimus *nous aurons pû*, potueritis *vous aurez pû*, potuerint *ils auront pû*.

Infinitivi præsens, Posse *pouvoir*.

Perfectum & plusquàm perfectum, Potuisse *avoir pû*.

Cæteris caret, *Il n'a point le reste*.

INdicativi præſens Proſum *je profite*, prodes *tu profites*, prodeſt *il profite*. Pluraliter, Proſumus *nous profitons*, prodeſtis *vous profitez*, proſunt *ils profitent*.

Imperfectum, Proderam *je profitois*, proderas *tu profitois*, proderat *il profitoit*. Pluraliter, Proderamus *nous profitions*, proderatis *vous profitiez*, proderant *ils profitoient*.

Perfectum, Profui *j'ay profité*, profuiſti, profuit. Pluraliter, Profuimus, profuiſtis, profuerunt *vel* profuêre.

Pluſquàm-perfectum, Profueram *j'avois profité*, profueras, profuerat. Pluraliter, profueramus, profueratis, profuerant.

Futurum, Prodero *je profiteray*, proderis, proderit. Pluraliter, Proderimus, proderitis, proderunt.

IMperativi præſens, prodis *vel* prodes *profite*, proſit *qu'il profite*. Pluraliter, Proſimus *profitons*, prodeſte *profitez*, proſint *qu'ils profitent*.

Futurum, Prodeſto (tu) prodeſto (ille.) Pluraliter, Proſimus, prodeſtote, proſunto.

SUbjunctivi præſens, proſim *que je profite*, proſis, proſit. Pluraliter, Proſimus, proſitis, proſint.

Imperfectum, Prodeſſem *que je profitaſſe* ou *je profiterois*, prodeſſes *tu profitaſſes*, prodeſſet. Pluraliter, Prodeſſemus, prodeſſetis, prodeſſent.

Perfectum, Profuerim *que j'aye profité*, profueris, profuerit. Pluraliter, Profuerimus, profueritis, profuerint.

Pluſquàm-perfectum, Profuiſſem *j'aurois profité* ou *j'euſſe profité*, profuiſſes, profuiſſet. Pluraliter, Profuiſſemus, profuiſſetis, profuiſſent.

Futurum, Profuero *j'aurai profité*, profueris, profuerit, Pluraliter, Profuerimus, profueritis, profuerint.

INfinitivi præſens, Prodeſſe *profiter*.

Perfectum & pluſquàm-perfectum, Profuiſſe *avoir profité*.

Futurum, Profore *vel* profuturum eſſe *devoir profiter*.

Participium Futuri, profuturus, a, um, *qui profitera* ou *qui doit profiter*.

Absum, abes, abest. Adsum, ades, adest. Insum, ines, inest. Subsum, subes, subest, &c. *& les autres se conjuguent comme* sum, es, est, *en mettant devant le Verbe* sum, *la preposition de laquelle ils sont composez, &c.*

CONJUGAISON DES AUTRES VERBES Anomaux.

FERO.

INdicativi præsens, Fero *je porte*, fers *tu porte*, fert *il porte*. Pluraliter, Ferimus *nous portons*, fertis *vous portez*, ferunt *ils portent*.

Imperfectum, Ferebam *je portois*, ferebas *tu portois*, ferebat. Pluraliter, Ferebamus, ferebatis, ferebant.

Perfectum, Tuli *j'ay porté*, ou *je portay*, tulisti *tu as porté*, ou *tu portas*, tulit. Pluraliter, Tulimus, tulistis, tulerunt, *vel* tulêre.

Plusquàm perfectum, Tuleram *j'avois porté*, tuleras, tulerat. Pluraliter, tuleramus, tuleratis, tulerant,

Futurum, Feram *je porteray*, feres, feret. Pluraliter, Feremus, feretis, ferent.

IMperativi præsens, Fer *porte*, ferat, *qu'il porte*. Pluraliter, Feramus *portons*, ferte *portez*, ferant, *qu'ils portent*.

Futurum, Ferto (tu,) ferto (ille.) Pluraliter, Feramus, fertote, ferunto.

SUbjunctivi præsens, Feram *que je porte*, feras, ferat. Pluraliter, Feramus, feratis, ferant.

Imperfectum, Ferrem, *que je portasse*, ou *je porterois*, ferres, ferret. Pluraliter, Ferremus, ferretis, ferrent.

Perfectum, Tulerim, *que j'aye porté*, tuleris *que tu ayes porté*, tulerit *qu'il ait porté*. Pluraliter, Tulerimus, tuleritis, tulerint.

Plusquàm-perfectum, Tulissem, *j'eusse porté* ou *j'aurois*

porté, tulisses, tulisset. Pluraliter, Tulissemus, tulissetis, tulissent.

Futurum, Tulero, *j'aurai porté*, tuleris, tulerit. Pluraliter, Tulerimus, tuleritis, tulerint.

INfinitivi præsens & imperfectum, Ferre, *porter*.

Perfectum & plusquàm perfectum, Tulisse, *avoir porté*.

Futurum, Latum ire, *vel* laturum esse, *devoir porter*.

Gerundia, Ferendi, *de porter*, ferendo, *en portant*, ferendum, *à porter*, ou *pour porter*.

Supina, Latum, *aller porter*, latu, *d'estre porté*.

Participia præsentis, Ferens, ferentis, *portant*.

Futuri, Laturus, a, um, *qui portera* ou *qui doit porter*.

LE PASSIF.

INdicativi præsens, Feror, *je suis porté*, ferris *vel* ferre, *tu es porté*, fertur, *il est porté*. Pluraliter, Ferimur, *nous sommes portez*, ferimini, *vous estes portez*, feruntur, *ils sont portez*.

Imperfectum, Ferebar, *j'estois porté*, ferebaris *vel* ferebare, ferebatur. Pluraliter, Ferebamur, ferebamini, ferebantur.

Perfectum, Latus sum *vel* fui, *j'ai esté porté*, latus es *vel* fuisti, *tu as esté porté*, latus est *vel* fuit. Pluraliter, Lati sumus *vel* fuimus, lati estis *vel* fuistis, lati sunt, fuerunt *vel* fuêre.

Plusquàm-perfectum, Latus eram *vel* fueram, *j'avois esté porté*, latus eras *vel* fueras, latus erat *vel* fuerat. Pluraliter, Lati eramus *vel* fueramus, lati eratis *vel* fueratis, lati erant *vel* fuerant.

Futurum, Ferar, *je serai porté*, ferêris *vel* ferêre, feretur. Pluraliter, Feremur, feremini, ferentur.

IMperativi præsens, Ferre, *sois porté*, feratur, *qu'il soit porté*. Pluraliter, Feramur, *soyons portez*, ferimini, *soyez portez*, ferantur, *qu'ils soient portez*.

Futurum, Fertor (tu,) fertor (ille.) Pluraliter, Feramur, feriminor, feruntor.

SUbjunctivi præsens, Ferar *que je sois porté*, feraris *vel* ferare, feratur. Pluraliter, feramur, feramini, ferantur.

Imperfectum, Ferrer *que je fusse porté*, ferreris *vel* ferrere, ferretur. Pluraliter, Ferremur, ferremini, ferrentur.

Perfectum, Latus sim *vel* fuerim *que j'aye esté porté*, latus sis *vel* fueris, latus sit *vel* fuerit. Plur. Lati simus *vel* fuerimus, lati sitis *vel* fueritis, lati sint *vel* fuerint.

Plusquàm-perfectum, Latus essem *vel* fuissem, *j'eusse* ou *j'aurois esté porté*, latus esses *vel* fuisses, latus esset, *vel* fuisset. Plur. Lati essemus *vel* fuissemus, lati essetis *vel* fuissetis, lati essent *vel* fuissent.

Futurum, Latus ero *vel* fuero *j'auray esté porté*, latus eris *vel* fueris, latus erit *vel* fuerit. Pluraliter, Lati erimus *vel* fuerimus, lati eritis *vel* fueritis, lati erint *vel* fuerint.

INfinitivi præsens, Ferri *estre porté.*

Perfectum & plusquàm-perfectum, Latum esse *vel* fuisse *avoir esté porté.*

Futurum, Latum iri *vel* ferendum esse *devoir estre porté.*

Gerundia & Supina ut in Activo, *comme à l'Actif.*

Participia præteriti, Latus, a, um, *qui est porté.*

Futuri, Ferendus, a, um, *qui doit estre porté.*

VOLO.

INdicativi præsens, Volo *je veux*, vis *tu veux*, vult *il veut.* Pluraliter, Volumus *nous voulons*, vultis *vous voulez*, volunt *ils veulent.*

Imperfectum, Volebam *je voulois*, volebas, volebat. Pluraliter, Volebamus, volebatis, volebant.

Perfectum, Volui *j'ay voulu*, voluisti, voluit. Pluraliter. Voluimus, voluistis, voluerunt, *vel* voluêre.

Plusquàm-perfectum, Volueram *j'avois voulu*, volueras, voluerat. Pluraliter, Volueramus, volueratis, voluerant.

Futurum, Volam *je voudray*, voles, volet: Pluraliter, Volemus, voletis, volent.

Imperativo caret. *Il n'a point d'Imperatif.*

SUbjunctivi præsens, Velim *que je veuille*, velis, velit. Pluraliter, Velimus *que nous veuillions*, velitis *que vous veuilliez*, velint *qu'ils veuillent*.

Imperfectum, Vellem *que je voulusse* ou *je voudrois*, velles, vellet. Pluraliter, Vellemus, velletis, vellent.

Perfectum, Voluerim *que j'aye voulu*, volueris, voluerit. Pluraliter, Voluerimus, volueritis, voluerint.

Plusquàm-perfectum, Voluissem *j'eusse voulu*, ou *j'aurois voulu*, voluisses, voluisset. Pluraliter, Voluissemus, voluissetis, voluissent.

Futurum, Voluero *j'aurai voulu*, volueris, voluerit. Pluraliter, Voluerimus, volueritis, voluerint.

INfinitivi præsens & imperfectum, Velle *vouloir*.

Perfectum & plusquàm-perfectum, Voluisse *avoir voulu*.

Gerundia, Volendi *de vouloir*, volendo *en voulant*, volendum *à vouloir* ou *pour vouloir*.

Participium præsentis, Volens, volentis, *voulant*.

Cæteris caret. *Le reste n'est point en usage.*

NOLO.

INdicativi præsens, Nolo *je ne veux*, non vis *tu ne veux*, non vult *il ne veut*, Pluraliter, Nolumus *nous ne voulons*, non vultis *vous ne voulez*, nolunt *ils ne veulent*.

Imperfectum, Nolebam *je ne voulois*, nolebas, nolebat. Pluraliter, Nolebamus, nolebatis, nolebant.

Perfectum, Nolui *je n'ay voulu*, noluisti, noluit. Pluraliter, Noluimus, noluistis, noluerunt *vel* noluêre.

Plusquàm-perfectum, Nolueram *je n'avois voulu*, nolueras, noluerat. Pluraliter, Nolueramus, nolueratis, noluerant.

Futurum, Nolam *je ne voudray*, noles, nolet, &c.

IMperativi præsens, Noli *ne veuille*, nolit *qu'il ne veuille*, Pluraliter, Nolimus *ne veuillons*, nolite *ne veuillez*, nolint *qu'ils ne veuillent*.

Futurum, Nolito (tu,) nolito (ille.) Pluraliter, Nolimus, nolitote, nolunto.

SUbjunctivi præsens ; Nolim, *que je ne veuille*, nolis, nolit. Pluraliter, Nolimus, nolitis, nolint.

Imperfectum, Nollem, *que je ne voulusse*, ou *je ne voudrois*, nolles, nollet. Pluraliter, Nollemus, nolletis, nollent.

Perfectum, Noluerim, *que je n'eusse voulu*, nolueris, noluerit. Pluraliter, Noluerimus, nolueritis, noluerint.

Plusquàm-perfectum, Noluissem, *je n'eusse*, ou *je n'aurois voulu*, noluisses, noluisset. Pluraliter, Noluissemus, noluissetis, noluissent.

Futurum, Noluero, *je n'aurai voulu*, nolueris, noluerit. Pluraliter, Noluerimus, nolueritis, noluerint.

INfinitivi præsens, Nolle *ne vouloir*.

Perfectum & plusquàm-perfectum, Noluisse *n'avoir voulu*.

Gerundia, Nolendi *de ne vouloir*, nolendo, *en ne voulant*, nolendum *à ne vouloir* ou *pour ne vouloir*.

Participium, Nolens, nolentis *ne voulant*.

Cæteris caret,

MALO, *comme* VOLO.

INdicativi præsens, Malo, *j'aime mieux*, mavis *tu aimes mieux*, mavult *il aime mieux*. Pluraliter, Malumus *nous aimons mieux*, mavultis *vous aimez mieux*, malunt *ils aimez mieux*.

Imperfectum, Malebam *j'aimois mieux*, malebas, malebat. Pluraliter, Malebamus, malebatis, malebant.

Perfectum, Malui *j'ai mieux aimé*, maluisti, maluit. Pluraliter, Maluimus, maluistis, maluerunt *vel* maluêre.

Plusquàm-perfectum, Malueram *j'avois mieux aimé*, malueras, maluerat. Pluraliter, Malueramus, malueratis, maluerant.

Futurum, Malam, *j'aimerai mieux*, males, malet. Pluraliter, Malemus, maletis, malent.

Imperativo caret.

SUbjunctivi præsens, Malim *que j'aime mieux* : malis, malit. Pluraliter, Malimus, malitis, malint.

Imperfectum, Mallem *que j'aimasse mieux*, ou *j'aimerois mieux*, malles, mallet. Plural. Mallemus, malletis, mallent.

Perfectum, Maluerim *que j'aye mieux aimé*, malueris, maluerit. Plural. Maluerimus, malueritis, maluerint.

Plusquàm-perfectum, Maluissem *j'eusse* ou *j'aurois mieux aimé*, maluisses maluisset. Pluraliter, Maluissemus, maluissetis, maluissent.

Futurum, Maluero *j'auray mieux aimé*, malueris, maluerit. Pluraliter, Maluerimus, malueritis, maluerint.

INfinitivi præsens, Malle *aimer mieux*.

Perfectum & plusquàm-perfectum, Maluisse *avoir mieux aimé*.

Gerundia, Malendi *d'aimer mieux*, malendo *en aimant mieux*, malendum *à mieux aimer*, ou *pour mieux aimer*.

Participium, Malens, malentis *aimant mieux*.

EO, IRE.

INdicativi præsens, Eo *je vais*, is *tu vas*, it *il va*, Pluraliter, Imus *nous allons*, itis *vous allez*, eunt *ils vont*.

Imperfectum, Ibam *j'allois*, ibas, ibat. Pluraliter, Ibamus *nous allions*, ibatis, ibant.

Perfectum, Ivi *je suis allé*, ivisti *tu es allé*, ivit *il est allé*. Pluraliter, Ivimus *nous sommes allez*, ivistis *vous estes allez*, iverunt *vel* ivêre *ils sont allez*.

Plusquàm-perfectum. Iveram *j'estois allé*, iveras *tu estois allé*, iverat *il estoit allé*. Pluraliter, Iveramus, *nous estions allez*, iveratis *vous estiez allez*, iverant *ils estoient allez*.

Futurum, ibo *j'iray*, ibis, *tu iras*, ibit *il ira*. Pluraliter, Ibimus, ibitis, ibunt.

IMperativi præsens. I *va*, eat *qu'il aille*. Pluraliter, Eamus *allons*, ite *allez*, eant *qu'ils aillent*.

Futurum, Ito (tu) *va*, ito (ille) *qu'il aille*. Pluraliter, eamus, itote, eunto.

SUbjunctivi præsens, Eam *que j'aille*, eas *que tu ailles*, eat *qu'il aille*. Pluraliter, Eamus *que nous allions*, eatis *que vous alliez*, eant *qu'ils aillent*.

Imperfectum, Irem *que j'allasse* ou *j'irois*, ires, iret. Pluraliter, Iremus, iretis, irent.

Perfectum, Iverim *que je sois allé*, iveris, iverit. Pluraliter, Iverimus *que nous soyons allé*, iveritis, iverint.

Plusquàm-perfectum, Ivissem *je fusse allé* ou *je serois allé*, ivisses, ivisset. Pluraliter, Ivissemus *nous fussions allé*, ivissetis, ivissent.

Futurum, Ivero *je seray allé*, iveris, iverit. Pluraliter; Iverimus, *nous serons allé*, iveritis *vous serez allez*, iverint *ils seront allez*.

INfinitivi præsens & imperfectum, Ire *aller*.

Perfectum & plusquàm-perfectum, Ivisse *estre allé*.

Futurum, Itum ire, *vel* iturum esse, *qui ira* ou *qui doit aller*.

Gerundia, Eundi *d'aller*, eundo *en allant*, eundum *à aller* ou *pour aller*.

Participia præsentis, Iens, euntis *allant*, ou *qui va*.

Futuri, Iturus, a, um, *qui ira*, ou *qui doit aller*.

LES VERBES NEUTRES-PASSIFS,

Sont ceux qui sont en partie Neutres & en partie passifs estant terminez en *o*, avec le Preterit en *us sum*, comme le Passif. On appelle aussi Neutres Passifs, ceux qui se conjuguant entierement comme les Actifs, s'expliquent en François par un Passif.

NEUTRE

NEUTRE-PASSIF

DE LA PREMIERE CONJUGAISON.

VAPULO, ARE.

INdicativi præsens, Vapulo *je suis battu*, vapulas, vapulat. Pluraliter, Vapulamus *nous sommes battus*, vapulatis, vapulant.

Imperfectum, Vapulabam *j'estois battu*, vapulabas, vapulabat. Pluraliter, vapulabamus *nous estions battus*, vapulabatis, vapulabant.

Perfectum, Vapulavi *j'ay esté battu*, vapulavisti *vel* vapulasti, vapulavit. Pluraliter, Vapulavimus *nous avons esté battus*, vapulavistis, vapulaverunt *vel* ère:

Plusquàm perfectum, Vapulaveram *j'avois esté battu*, vapulaveras, vapulaverat. Pluraliter, Vapulaveramus *nous avions esté battus*, vapulaveratis, vapulaverant.

Futurum, Vapulabo *je seray battu*, vapulabis, vapulabit. Pluraliter, Vapulabimus *nous serons battus*, vapulabitis, vapulabunt.

IMperativi præsens, Vapula *sois battu*, vapulet. Pluralit. Vapulemus *soyons battus*, vapulate, vapulent.

Futurum, Vapulato (tu,) *sois battu*, Vapulato (ille.) Pluraliter, Vapulemus *soyons battus*, vapulatote, vapulanto.

SUbjunctivi præsens, Vapulem *que je sois battu*, vapules, vapulet. Pluraliter, Vapulemus *que nous soyons battus*, vapuletis, vapulent.

Imperfectum, Vapularem *je serois battu* ou *je fusse battu*, vapulares, vapularet. Pluraliter, Vapularemus *nous serions battus*, vapulareris, vapularent.

Perfectum, Vapulaverim *que j'aye esté battu*, vapulaveris, vapulaverit. Pluraliter, Vapulaverimus *que nous ayons esté battus*, vapulaveritis, vapulaverint.

Plusquàm-perfectum, Vapulavissem *vel* vapulassem *j'au-*

rois esté battu ou *j'eusse esté battu*, vapulavisses, vapulavisset. Pluraliter, Vapulavissemus *nous aurions esté battus*, vapulavissetis, vapulavissent.

Futurum, Vapulavero, *que j'auray esté battu*, vapulaveris vapulaverit. Pluraliter, Vapulaverimus *que nous aurons esté battus*, vapulaveritis, vapulaverint.

INfinitivi præsens & imperfectum, Vapulare *estre battu*.

Perfectum & plusquàm-perfectum, Vapulavisse *vel* vapulasse *avoir esté battu*.

Futurum, Vapulatum ire *vel* vapulaturum esse *qui sera battu*.

Gerundia, Vapulandi *d'estre battu* : vapulando *estant battu* : vapulandum *à estre battu* ou *pour estre battu*.

Supina, Vapulatum *aller estre battu* : vapulatu *d'avoir esté battu*.

Participia præsentis, Vapulans *estant battu*.

Futuri, Vapulaturus, a, um, *qui sera battu* ou *qui doit estre battu*.

NEUTRE-PASSIF

DE LA TROISIE'ME CONJUGAISON.

GAUDEO.

INdicativi præsens, Gaudeo *je me rejoüis*, gaudes *tu te rejouis*, gaudet *il se rejouit*. Pluraliter, Gaudemus *nous nous rejouissons*, gaudetis *vous vous rejouissez*, gaudent *ils se rejouissent*.

Imperfectum, Gaudebam *je me rejouissois*, gaudebas *tu te rejouissois*, gaudebat *il se rejouissoit*. Pluraliter, Gaudebamus *nous nous rejouissions*, gaudebatis *vous vous rejouissiez*, gaudebant *ils se rejouissoient*.

Perfectum, Gavisus sum *vel* fui *je me suis rejouy*, gavisus es *vel* fuisti *tu t'es réjoüy*, gavisus est *vel* fuit *il s'est réjoüy*, Pluraliter, Gavisi sumus *vel* fuimus *nous nous sommes réjoüys*, gavisi estis *vel* fuistis *vous vous estes réjoüys*, gavisi sunt, fuerunt *vel* fuêre *ils se sont réjoüys*.

Plusquam-perfectum, Gavisus eram *vel* fueram *je m'étois réjoüys*, gavisus eras *vel* fueras *tu t'estois réjoüy*, gavisus erat *vel* fuerat *il s'estoit réjoüy*. Pluraliter, Gavisi eramus *vel* fueramus *nous nous estions réjoüys*, gavisi eratis *vel* fueratis *vous vous estiez réjouis*, gavisi erant *vel* fuerant *ils s'estoient réjouys*.

Futurum Gaudebo *je me réjoüyray*, gaudebis *tu te réjoüyras*, gaudebit *il se réjoüyra*. Pluraliter, Gaudebimus *nous nous réjoüyrons*, gaudebitis *vous vous réjoüyrez*, gaudebunt *ils se réjoüyront*.

IMperativi præsens, Gaude *réjoüy toy*, gaudeat *qu'il se réjoüysse*. Pluraliter, Gaudeamus *réjoüyssons-nous*, gaudete *réjouyssez-vous*, gaudeant *qu'ils se réjoüissent*.

Futurum, Gaudeto (tu) gaudeto (ille.) Pluraliter, Gaudeamus, gaudetote, gaudento.

SUbjunctivi presens, Gaudeam *que je me réjoüysse*, gaudeas *que tu te réjoüisses*, gaudeat *qu'il se réjoüisse*. Pluraliter Gaudeamus *que nous nous réjoüissions*, gaudeatis *que vous vous réjouyssiez*, gaudeant *qu'ils se réjoüissent*.

Imperfectum, Gauderem *que je me réjoüysse*, ou *je me réjouyrois*, gauderes *tu te réjouyrois*, gauderet *il se réjouyroit*. Pluraliter, Gauderemus, &c.

Perfectum, Gavisus sim *vel* fuerim *que je me sois réjouy*, gavisus sis *vel* fueris *que tu te sois réjouy*, gavisus sit *vel* fuerit *qu'il se soit réjouy*. Pluraliter, Gavisi simus *vel* fuerimus *que nous nous soyons réjouys*, gavisi sitis *vel* fueritis *que vous vous soyez réjouys*, gavisi sint *vel* fuerint *qu'ils se soient réjouys*.

Plusquam-perfectum, Gavisus essem *vel* fuissem *je me fusse* ou *je me serois réjoüy*, gavisus esses *vel* fuisses *tu te fusses réjouy*, gavisus esset *vel* fuisset *il se fust réjoüy*. Pluraliter, Gavisi essemus, *vel* fuissemus *nous nous fussions réjoüys*, gavisi essetis vel fuissetis *vous vous fussiez réjoüis*, gavisi essent *vel* fuissent *ils se fussent réjoüys*.

Futurum, Gavisus ero *vel* fuero *je me seray réjoüy*, gavisus eris *vel* fueris *tu te seras réjoüy*, gavisus erit *vel* fuerit *il se sera réjoüy*. Pluraliter, Gavisi erimus *vel* fuerimus *nous nous serons réjoüys*, gavisi eritis *vel* fueritis *vous vous serez réjoüys*, gavisi erint *vel* fuerint *ils se seront réjouïs*.

INfinitivi præsens & imperfectum, Gaudere *se réjouir*.

Perfectum & plusquàm-perfectum, Gavisum esse *vel* fuisse *s'estre réjouï*.

Futurum, Gavisum ire *vel* gavisurum esse *qui se réjouïra*.

Gerundia, Gaudendi *de se rejouïr*, gaudendo *en se réjouïssant*, gaudendum *à se réjouïr*, ou *pour se réjouïr*

Supina, Gavisum *aller se réjouïr*, gavisu *de s'estre réjouï*.

Participia præsentis, Gaudens, gaudentis *se réjouïssant*.

Futuri, Gavisuri, a, um *qui se réjouïra* ou *qui doit se réjouïr*.

Ainsi sont conjuguez ces autres Verbes de la seconde Conjugaison. Soleo, soles, *j'ay coustume* ou *j'ay accoustumé*, perfecto, Solitus sum *vel* fui *j'ay eu coustume, ou j'ay accoûtumé*, &c.

Audeo, audes *j'ose*. Perfecto, Ausus sum *vel* fui *j'ay osé*, ou *j'osay*, ausus es *vel* fuisti *tu as osé*, &c.

Mœreo, mœres, *je suis fâché*. Perfecto, Mœstus sum *vel* fui *j'ay esté fâché*, &c.

PATEO.

INdicativi præsens, Pateo *je suis ouvert*, pates, patet. Pluraliter. Patemus *nous sommes ouverts*, patetis, patent.

Imperfect. Patebam *j'estois ouvert*, patebas, patebat. Plur. Patebamus *nous estions ouverts*, patebatis, patebant.

Perfectum, Patui *j'ay esté ouvert*, patuisti, patuit. Plural. Patuimus *nous avons esté ouverts*, patuistis, patuerunt *vel* patuêre.

Plusquàm-perfectum, Patueram *j'avois esté ouvert*, patueras, patuerat. Pluraliter, Patueramus *nous avions esté ouverts*, patueratis, patuerant.

Futurum, Patebo *je seray ouvert*, patebis, patebit. Pluraliter, Patebimus *nous serons ouverts*, patebitis, patebunt.

IMperativi præsens, Pate *sois ouvert*, pateat *qu'il soit ouvert*. Pluraliter, Pateamus *soyons ouverts*, patete, pateant.

Futurum, Pateto (tu,) *sois ouvert*, pateto (ille.) Pluraliter, Pateamus *soyons ouverts*, patetote, patento.

SUbjunctivi præsens, Pateam *que je sois ouvert*, pateas, pateat. Pluraliter, Pateamus *que nous soyons ouverts*, pateatis, pateant.

Imperfectum, Paterem, *je serois ouvert* ou *je fusse ouvert*, pateres, pateret. Pluraliter, Pateremus *nous serions ouverts*, pateretis, paterent.

Perfectum, Patuerim *que j'aye esté ouvert*, patueris, patuerit. Pluraliter Patuerimus *que nous ayons esté ouverts*, patueritis, patuerint.

Plusquàm-perfectum, Patuissem *j'aurois esté ouvert* ou *j'eusse esté ouvert*, patuisses, patuisset. Pluraliter, Patuissemus *nous aurions esté ouverts*, patuissetis, patuissent.

Futurum, Patuero *j'auray esté ouvert*, patueris, patuerit. Pluraliter, Patuerimus *nous aurons esté ouverts*, patueritis, patuerint.

INfinitivi præsens & imperfectum, Patere *estre ouvert*.
Perfectum & plusquàm-perfectum, Patuisse *avoir esté ouvert*.

Futuro caret & Supino.

Gerundia, Patendi *d'estre ouvert*, patendo *estant ouvert*, patendum *à estre ouvert* ou *pour estre ouvert*.

Participia præsentis, Patens *estant ouvert*.

NEUTRE PASSIF

DE LA TROISIE'ME CONJUGAISON.

FIDO, FIDERE.

Fido, *je me fie. se conjugue comme* Lego, *sinon au Parfait & aux Temps de pareille formation qui se font avec* Sum *& le Particip.* Fisus. *Ainsi* Fisus sũ *je me suis fié.* Fisus eram, &c.

FIO: FIERI.

Indicativi præsens, Fio *je deviens* ou *je suis fait*, fis, fit, Pluraliter, Fimus, fitis, fiunt.

Imperfectum, Fiebam *je devenois* ou *j'estois fait*, fiebas, fiebat. Pluraliter, Fiebamus, fiebatis, fiebant.

Perfectum, Factus sum *vel* fui *je suis devenu* ou *j'ay esté fait*, factus es *vel* fuisti, factus est *vel* fuit. Pluraliter, facti sumus *vel* fuimus, facti estis *vel* fuistis, facti sunt, fuêrunt *vel* fuêre.

Plusquàm-perfectum, Factus eram *vel* fueram *j'avois esté fait* ou *j'estois devenu*, factus eras *vel* fueras, factus erat *vel* fuerat. Pluraliter, Facti eramus *vel* fueramus, facti eratis *vel* fueratis, facti erant *vel* fuerant.

Futurum, Fiam *je deviendray* ou *je seray fait*, fies, fiet, Pluraliter, Fiemus, fietis, fient.

Imperativo caret. *Il n'a point d'Imperatif.*

Subjunctivi præsens, Fiam *je sois fait* ou *je devienne*, fias, fiat. Pluraliter, Fiamus, fiatis, fiant.

Imperfectum, Fierem *je fusse fait* ou *je serois fait: je devinsse* ou *je deviendrois*, fieres, fieret. Pluraliter, Fieremus, fieretis, fierent.

Perfectum, Factus sim *vel* fuerim *j'aye esté fait* ou *je sois devenu*, factus sis *vel* fueris, factus sit *vel* fuerit. Pluraliter, Facti simus *vel* fuerimus, facti sitis *vel* fueritis, facti sint *vel* fuerint.

Plusquàm perfectum, Factus essem *vel* fuissem *j'eusse* ou *j'aurois esté fait, je fusse* ou *je serois devenu*, factus esses *vel* fuisses, factus esset *vel* fuisset. Pluraliter, Facti essemus *vel* fuissemus, fact. essetis *vel* fuissetis, facti essent *vel* fuissent.

Futurum Factus ero *vel* fuero, *j'auray esté fait* ou *je seray devenu*, factus eris *vel* fueris, factus erit *vel* fuerit. Pluraliter, Facti erimus *vel* fuerimus, facti eritis *vel* fueritis, facti erint *vel* fuerint.

INfinitivi præsens, Fieri *devenir* ou *estre fait*.

Perfectum & plusquàm perfectum, Factum esse *vel* fuisse *avoir esté fait* ou *estre devenu*.

Futurum, Factum iri *vel* faciendum esse *devoir devenir*, ou *devoir estre fait*.

Participia præteriti, Factus, a, um *qui est devenu* ou *qui a esté fait*.

Futuri, Faciendus, a, um *qui deviendra* ou *qui sera fait*.

NEUTRE-PASSIF

DE LA QUATRIE'ME CONJUGAISON.

VÆNEO: VÆNIRE.

INdicativi præsens, Væneo *je suis vendu*, vænis *tu es vendu*, vænit *il est vendu*. Plural. Vænimus *nous sommes vendus*, vænitis *vous estes vendus*, væneunt *ils sont vendus*.

Imperfectum, Vænibam *j'estois vendu*, vænibas *tu estois vendu*, vænibat, &c.

Perfectum, Vænivi (& plus souvent) Vænii *j'ay esté vendu* ou *je fus vendu*, væniisti *tu as esté vendu*, vænit, &c.

Plusquàm-perfectum, Vænieram *j'avois esté vendu*, vænieras, &c.

Futurum, Vænibo *je seray vendu*, vænibis, &c.

IMperativi præsens, Væni *sois vendu*, væneat *qu'il soit vendu*. Pluraliter, Væneamus, *soyons vendu*, vænite *soyez vendu*, væneant *qu'ils soient vendus.*

Futurum Vænito (tu) *sois vendu*, vænito) ille.) *qu'il soit vendu.* Pluraliter, Væneamus *soyons vendus*, vænitote *soyez vendus*, væneunto *qu'ils soient vendus.*

SUbjunctivi præsens, Væneam *je sois vendu*, væneas *tu sois vendu*, væneat, &c.

Imperfectum, Vænirem *je fusse* ou *je serois vendu*, vænires, væniret, &c.

Perfectum, Venierim *j'aye esté vendu*, vænieris *tu ayes esté vendu*, vænierit *qu'il ait esté vendu.* Pluraliter, Vænierimus *nous ayons esté vendus*, &c.

Plusquàm-perfectum, Væniissem *j'eusse* ou *j'aurois esté vendu*, væniisses, væniisset, &c.

Futurum, Væniero *j'auray esté vendu*, vænieris, &c.

INfinitivi præsens, Vænire *estre vendu.*

Plusquàm-perfectum, Væniisse *avoir esté vendu.*

Futurum, Vænum ire *aller estre vendu.*

Supinum, Vænum *à estre vendu* ou *pour estre vendu.*

VERBE ABONDANT.
EDO.

INdicativi præsens, Edo *je mange*, edis *vel* es *tu manges*, edit *vel* est *il mange.* Pluraliter, Edimus *nous mangeons*, editis *vel* estis *vous mangez*, edunt *ils mangent.*

Imperfectum, Edebam *je mangeois*, edebas, edebat. Pluraliter, Edebamus, edebatis, edebant.

Perfectum, Edi *j'ay mangé*, edisti, edit. Plural. Edimus *nous avons mangé*, edistis, ederunt *vel* edêre.

Plusquàm-perfectum, Ederam *j'avois mangé*, ederas, ederat. Pluraliter, Ederamus, ederatis, ederant.

Futurum, Edam *je mangeray*, edes, edet. Pluraliter, Edemus, edetis, edent.

IMperativi præsens, Ede *vel* es *mange*, edat *qu'il mange.* Pluraliter, Edamus *mangeons*, edite *vel* este *mangez* edant *qu'ils mangent.*

Futurum Edito *vel* esto (tu) *mange*. edito *vel* esto (ille) *qu'il mange*. Pluraliter, Edamus, editote *vel* estote, edunto.

SUbjunctivi præsens, Edam *que je mange*, edas, edat. Pluraliter, Edamus *que nous mangions*, edatis, edant.

Imperfectum, Ederem, *vel* essem *que je mangeasse*, *ou je mangerois*, ederes *vel* esses, ederet *vel* esset. Plural. Ederemus *vel* essemus, ederetis *vel* essetis, ederent *vel* essent.

Perfectum, Ederim *que j'aye mangé*, ederis, ederit. Pluraliter, Ederimus, ederitis, ederint.

Plusquàm perfectum, Edissem *que j'eusse ou j'aurois mangé*, edisses, edisset. Pluraliter, Edissemus, edissetis, edissent.

Futurum, Edero *j'auray mangé*, ederis, ederit. Pluraliter, Ederimus, ederitis, ederint.

INfiniti præsens, Edere *vel* esse *manger*.

Perfectum & Plusquàm-perfectum, Edisse *avoir mangé*.

Futurum Esum ire *vel* esurum esse *qui mangera*.

Gerundia, Edendi *de manger*, edendo *en mangeant*, edendum *à manger* ou *pour manger*.

Supina, Esum *vel* estum *aller manger*, esu *vel* estu *d'estre mangé*.

Participia præsentis, Edens, edentis *en mangeant*.

Futuri, Esurus *vel* esturus, a, um *qui mangera*.

DES VERBES DEFECTIFS.

Il y a des Verbes Defectifs, c'est à dire, qui ne sont pas en usage en certains Temps, ou Personnes, tels que sont les suivans.

MEMINI.

INdicativi præsens & perfectum, Memini *je me souviens* ou *je me suis souvenu*, meministi, meminit. Pluraliter, Meminimus, meministis, meminerunt *vel* meminêre.

Imperfectum & plusquàm-perfectum, Memineram *je me souvenois* ou *je m'estois souvenu*, memineras, meminerat. Pluraliter, Memineramus, memineratis, meminerant.

Futurum Indicativi & Subjunctivi, Meminero *je me souviendray* ou *je me seray souvenu*, memineris, meminerit, Pluraliter. Meminerimus, memineritis, meminerint.

IMperativi Futurum, Memento *souviens-toy*. Pluraliter, Mementote *souvenez-vous*.

SUbjunctivi præsens & perfectum, Meminerim *que je me souvienne* ou *je me sois souvenu*, memineris, meminerit. Pluraliter, Meminerimus, memineritis, meminerint.

Imperfectum & plusquàm perfectum, Meminissem *que je me souvinsse*, ou *je me fusse souvenu*, meminisses, meminisset. Pluraliter, Meminissemus, meminissetis, meminissent.

Infinitivi præsens & perfectum, Meminisse *se souvenir* ou *s'estre souvenu*.

Ainsi sont conjuguez seulement aux Temps qui sont formez du preterit parfait ces Verbes, Cœpi, Novi, Odi; *mais ils n'ont point d'Imperatif.*

AIO.

INdicativi præsens, Aio *je dis*, ais *tu dis*, ait *il dit*. Pluraliter, Aiunt *ils disent*.

Imperfectum, Aiebam *je disois*, aiebas, aiebat. Pluraliter, Aiebamus, aiebatis, aiebant.

Perfectum, Aisti *tu as dit*. Pluraliter aistis *vous avez dit*.

SUbjunctivi præsens, Aïam *que je dise*, aïas, aïat. Pluraliter, aïant *qu'ils disent*.

Participium, Aïens, aïentis, *disant* ou *qui dit*. Cæteris caret.

INQUIO.

INdicativi præsens, Inquio *je dis*, inquam, *dis-je*, inquis *tu dis*, inquit *il dit*. Pluraliter, Inquimus, inquitis, inquiunt.

Imperfectum, Inquiebam *je disois*, inquiebas *tu disois*, inquiebat *il disoit*. Pluraliter, Inquiebamus *nous disions*, inquiebatis *vous disiez*, inquiebant *ils disoient*.

Perfectum, Inquisti *tu as dit*, Pluraliter, Inquistis *vous avez dit* ou *vous dîtes*.

Futurum, Inquies *tu diras*, inquiet *il dira*. Pluraliter, inquient *ils diront*.

Subjunctivi præsens, Inquiam *que je dise*, inquias *que tu dise*, inquiat *qu'il dise*.

Participium, Inquiens *en disant*, &c.

Le reste n'est point en usage.

LES VERBES IMPERSONNELS de la voye Active.

OPORTET.

Indicativo præsenti, Oportet *il faut*.

Imperfecto, Oportebat *il faloit*.

Perfecto, Oportuit *il a falu*.

Plusquàm-perfecto, Oportuerat *il avoit falu*.

Futuro, Oportebit *il faudra*.

Imperativo præsenti, Oporteat *qu'il faille*.

Subjunctivo præsenti, Oporteat *qu'il faille*.

Imperfecto, Oporteret *qu'il falut* ou *qu'il faudroit*.

Perfecto, Oportuerit *qu'il ait falu*.

Plusquàm-perfecto, Oportuisset *qu'il eust falu* ou *il auroit falu*.

Futuro, Oportuerit *il aura falu*.

Infinitivo præsenti & imperfecto, Oportere *faloir*.

Perfecto & plusquàm perfecto, Oportuisse *avoir falu*.

Futuro caret, *il n'a point de futur*.

POENITET.

INdicativo præſenti, Pœnitet me *je me repens.*
Imperfecto, Pœnitebat me *je me repentois.*
Perfecto, Pœnituit *je me ſuis repenti.*
Pluſquàm-perfecto, Pœnituerat *je m'eſtois repenti.*
Futuro, Pœnitebit *je me repentiray.*

IMperativo, Pœniteat *qu'il ſe repente.*

SUbjunctivo præſenti Pœniteat *que je me repente.*
Imperfecto, Pœniteret *je me repentiſſe* ou *je me repentirois.*
Perfecto, Pœnituerit *je me ſois repenti.*
Pluſquàm-perfecto, Pœnituiſſet *je me fuſſe* ou *je me ſerois repenti.*
Futuro, Pœnituerit *je me ſeray repenti.*

INfinitivo, Pœnitere *ſe repentir.*
Pluſquàm-perfecto, Pœnituiſſe *s'eſtre repenti.*

VERBE IMPERSONNEL de la voix Paſſive.

INdicativo præſenti, Amatur *on aime.*
Imperfecto, Amabatur *on aimoit.*
Perfecto, Amatum eſt *vel* fuit, *on a aimé* ou *on aima.*
Pluſquàm-perfecto, Amatum erat *vel* fuerat, *on avoit aimé.*
Futuro, Amabitur *on aimera.*

IMperativo præſenti, Ametur *qu'on aime.*

SUbjunctivo præſenti, Ametur *qu'on aime.*
Imperfecto, Amaretur *qu'on aimaſt* ou *on aimeroit.*

Perfecto, Amatum sit *vel* fuerit *qu'on ait aimé.*

Plusquàm-perfecto, Amatum esset *vel* fuisset *qu'on eust aimé* ou *on auroit aimé,*

Futuro, Amatum erit *vel* fuerit *on aura aimé.*

INfinitivo præsenti & imperfecto, Amari *qu'on aime.*

Perfecto & plusquàm-perfecto, Amatum esse *vel* fuisse *qu'on a aimé.*

Futuro, Amatum iri *qu'on aimera.*

Ainsi les autres Impersonnels Passifs, Docetur, Legitur, Auditur, &c. *sont conjuguez seulement par les troisiémes personnes du singulier de la voix Passive.*

LES PARTIES D'ORAISON.

Partes orationis seu Vocum genera, sunt octo: scilicet, Nomen, Pronomen, Verbum, Participium, Adverbium, Præpositio, Conjunctio, & Interjectio.

Quatuor sunt Partes, quæ declinantur, scilicet, Nomen, Pronomen, Verbum, Participium.

Quatuor sunt Partes quæ non declinantur, scilicet Adverbium Præpositio, Conjunctio & Interjectio.

NOMEN.

Nomen est Pars orationis quæ declinata per casus, Personam aut rem significat.

Duæ sunt species: scilicet *Substantivum* & *Adjectivum*.

Substantivum, est nomen quod rei substantiam significat, estque vel unius generis, vel duorum, ut

Il y a huit sortes de Mots, ou Parties d'oraison; sçavoir le Nom, le Pronom, le Verbe, le Participe, l'Adverbe, la Preposition, la Conjonction & l'interjection.

Il y a quatre Parties qui se declinent; sçavoir le Nom, le Pronom, le Verbe, le Participe.

Il y a quatre Parties qui ne se declinent pas; sçavoir l'Adverbe, la Preposition, la Conjonction, & l'Interjection.

LE NOM.

Le Nom est une Partie d'oraison, qui declinée par cas, signifie une personne ou une chose.

Il y a deux sortes de Nom; sçavoir le Substantif & l'Adjectif.

Le Substantif *est un nom qui signifie la substance d'une chose, & est ou d'un seul genre, ou bien de deux, comme*

Hic Rex, *le Roy*. Hic vel hæc Princeps, *le Prince ou la Princesse*.

Duæ sunt species Substantivorum, scilicet, *Proprium & Appellativum*.

Nomen Proprium uni soli rei convenit, ut

Il y a deux sortes de Substantifs: sçavoir le Propre & l'Appellatif.

Le nom propre ne convient qu'à une seule chose, comme

Hic Ludovicus, *Loüis*: hæc Anna, *Anne*.

Nomen *Appellativum* convenit pluribus rebus, ut

Le nom Appellatif *convient à plusieurs choses, comme*

Hoc Regnum, *Royaume*.

Adjectivum est nomen quod rei qualitatem significat : estque trium generum, sub unâ, vel duabus, vel tribus terminationibus.

Exemplum Adjectivi sub *unâ* terminatione ; ut

L'Adjectif *est un nom qui signifie la qualité d'une chose, & est de trois genres, sous une, ou deux, ou trois terminaisons.*

*Exemple de l'*Adjectif à une *terminaison, comme*

Hic & hæc & hoc felix *heureux*.

Adjectivi *duarum* terminationum, ut

De l'Adjectif de deux *terminaisons, comme*

Hic & hæc suavis & hoc suave *doux*.

Adjectivi quod *tres* habet terminationes, ut

De l'Adjectif qui a trois *terminaisons, comme*

Hic Justus, hæc justa, hoc justum *juste*.

Sex sunt Genera.

Il y a six genres.

Le Masculin, le Feminin, le Neutre, le Commun, le Douteux ; le Confus, ou *Epicene.*

Genus *Confusum* seu *Epicœnum* significat genus (sive masculinũ sit, sive fœmininum, sive neutrum pro terminatione scilicet nominis) quod masculo & fœminæ commune est, ut

Le genre Confus *ou* Epicene *signifie un genre (soit qu'il soit masculin, soit feminin, soit neutre selon la terminaison du nom.) lequel est commun au mâle & à la femelle, comme*

Lepus *un Liévre*, ou *la femelle d'un Liévre*.

Hi articuli genera exprimunt. *Hic* exprimit genus Masculinum, *Hæc*, Fœmininum, *Hoc* Neutrum, *Hic* vel *hæc*, *Hic* vel *hoc*, *Hæc* vel *hoc* exprimunt dubium. *Hic* & *hæc* significant genus Commune.

Ces articles font connoistre les genres. Hic *marque le genre Masculin :* Hæc *le Feminin :* Hoc *le Neutre :* Hic *vel* hæc, Hic *vel* hoc Hæc *vel* hoc, *marquent le genre Douteux.* Hic & hæc *signifient le genre Commun.*

Nomen *Commune* est nomen Appellativum, quod sub unâ terminatione, diversis verò generibus, modò *masculum*, modò *fœminam* significat : ut

Le nom Commun *est un nom appellatif, lequel sous une seule terminaison mais sous divers genres, signifie tantost le* mâle *& tantost la* femelle *: comme*

Hic Princeps, *le Prince*. Hæc Princeps, *la Princesse*.

Duo sunt Numeri, *Singularis* & *Pluralis*. *Singularis* rem tantùm unam significat, ut *miles*. *Pluralis* plures arguit, ut *milites*.

Il y a deux Nombres, le Singulier & le Plurier. Le Singulier *ne signifie qu'une seule chose*, *comme* miles *un soldat*. Le Plurier *en marque plusieurs*, *comme* milites *les soldats*.

Sunt sex Casus, *Nominativus*, *Genitivus*, *Dativus*, *Accusativus*, *Vocativus* & *Ablativus*.

Il y a six Cas, le Nominatif, le Genitif, le Datif, l'Accusatif, le Vocatif, & l'Ablatif.

Omnes casus formantur à *Genitivo singulari*, excepto *Vocativo singulari*; sic à Genitivo *Magistri* formatur Dativus *Magistro*, Accusativus *Magistrum*, atque ita de cæteris casibus.

Tous les Cas sont formez du Genitif singulier, *hormis* le Vocatif singulier: *Ainsi du Genitif* Magistri *se forme le Datif* Magistro, *l'Accusatif* Magistrum, *& ainsi des autres*.

Tres sunt gradus Comparationis, *Positivus*, *Comparativus*, *Superlativus*.

Il y a trois degrez de Comparaison. Le Positif, le Comparatif & le Superlatif.

Positivus est nomen *adjectivum* quod sine excessu significat, ut

Le Positif *est un nom* adjectif *qui signifie sans excés*, *comme*

Generosus, generosa, generosum, *Genereux*.

Comparativus est nomen *adjectivum* quod excessum aliquem significat, terminaturque in *ior* & *ius*, ut

Le Comparatif *est un nom* adjectif *qui signifie avec quelque excés*, *& se termine en* ior & ius, *comme*

Hic & hæc Generosior, & hoc generosius, *plus Genereux*.

Superlativus est nomen *adjectivum*, quod gradum altissimum significat, desinitque in *imus*, *ima*, *imum*, ut.

Le Superlatif *est un nom* adjectif *qui signifie le plus haut degré*, *& se termine en* imus, ima, imum, *comme*

Generosissimus, generosissima, generosissimum, *trés Genereux*.

DE PRONOMINE. *DU PRONOM.*

PRonomen est Pars orationis, quæ pro ipso nomine ponitur.

Pronomina sunt novem-decim, scilicet

LE Pronom est une Partie d'oraison qui se met pour le nom mesme.

Il y a dix-neuf Pronoms, sçavoir

Ego, tu, sui, Ille, ipse, iste, hic, is, Idem, meus, tuus, suus, Noster, vester, nostras, vestras, cujas: Qui, quæ, quod: Cujus, cuja, cujum.

Pronomina quinque habent *casus*: non enim habent vocativum. Hæc tamen quatuor Pronomina Vocativum habent, *Tu*, *meus*, *noster*, & *nostras*.

Pronomen, *Sui*, Nominativo caret.

Aliqua sunt tantùm singularis *Numeri*, ut *Ego* & *Tu*; aliqua tantùm pluralis, ut *Nos* & *Vos* *Sui* est utriusque numeri. Aliqua numerum singularem & pluralem habent.

Les Pronoms ont cinq cas: *car ils n'ont pas de Vocatif. Toutefois ces quatre Pronoms ont un Vocatif*, Tu, meus, noster *&* nostras.

Le Pronom Sui, *n'a point de Nominatif.*

Quelques-uns sont seulement du Nombre *singulier; comme* Ego *&* Tu, *quelques-uns seulement du pluriel, comme* Nos *&* Vos. Sui *est de l'un & de l'autre nombre. Les autres ont le nombre singulier & le plurier.*

Tres *Personas* significant, *primam*, *secundam* & *tertiam*.

Duo sunt Pronomina primę personę, *Ego* & *Nos*.

Duo sunt Pronomina secundæ personæ, *Tu* & *Vos*. Cætera omnia Pronomina sunt tertię personę.

Pronomina quinque habent significationes, *Demonstrativam*, *Relativam*, *Possessivam*, *Nationalem*, & *Reciprocam*.

Pronomina demonstrativa sunt *Ego*, *Tu*, *Ille*, *Ipse*, *Iste*, *Hic*, *Is*,

Ils signifient trois Personnes, *la* premiere, *la* seconde *& la* troisiéme.

Il y a deux Pronoms de la premiere personne, Ego & Nos.

Il y a deux Pronoms de la seconde, Tu *&* Vos. *Tous les autres Pronoms sont de la troisiéme.*

Les Pronoms ont cinq significations, *la* Demonstrative, *la* Relative, *la* Possessive, *la* Nationale, *& la* Reciproque.

Les Pronoms demonstratif sont Ego, Tu, Ille, Ipse, Iste, Hic, Is,

Relativa *Qui*, *quæ*, *quod*, *ille*, *ipse*, &c.

Les Relatifs Qui, quæ, quod, ille, ipse, *&c.*

Pronomina possessiva, *meus*, *tuus*, *suus*, *noster*, *vester*, & *cujus*, *a*, *um*.

Les pronoms possessifs, meus, tuus, suus, noster, vester *&* cujus, a, um.

Pronomina nationalia, *nostras*, *vestras* & *cujas*.

Les pronoms nationaux, nostras, vestras *&* cujas.

Pronomina reciproca, *sui* & *suus*. *Sui* ponitur pro substantivo, *suus*, pro adjectivo.

Les pronoms reciproques, Sui *&* suus. Sui *se met pour substantif*, suus, *pour adjectif.*

DE VERBO. — *DU VERBE.*

VErbum est pars Orationis quæ per tempora, modos, personas & numeros conjugatur.

LE Verbe est une partie d'Oraison qui se conjugue par temps, mœufs, personnes, & nombres.

Duæ sunt species Verborum, Verbum *personale*, & Verbum *impersonale*.

Il y a deux sortes de Verbes, le Verbe personnel, *& le Verbe* impersonnel.

Personale, quod tres per personas inflectitur, tàm in singulari, quàm in plurali, ut

Le Verbe personnel *est un Verbe qui se conjugue par trois personnes, tant au singulier qu'au plurier, comme*

Amo, amas, amat. *J'aime, tu aimes, il aime.*

Verbum *impersonale* est Verbum quod per tertiam tantùm personam singularem conjugatur, ut

Le Verbe impersonnel, *est un Verbe qui se conjugue seulement par la troisiéme personne singuliere, comme*

Oportet, oportebat, oportuit : *Il faut, il faloit, il a falu.*

Quinque sunt species Verborum *personalium*; activum, passivum, neutrum, deponens, & commune.

Il y a cinq sortes de Verbes personnels; *l'actif, le passif, le neutre, le déponent & le commun.*

Verbum *activum* est Verbum quod desinit in *o*, & additâ litterâ *r* format *passivum* in *or*, ut

Le Verbe actif *est un Verbe qui se termine en* o, *& ajoûtant la lettre* r *forme le passif en* or, *comme*

*d'*Amo *j'aime, se fait* Amor *je suis aimé.*

Verbum *passivum* est Verbum

Le verbe passif *est un verbe qui*

quod desinit in *or*, & formatur ab *activo* addito *r*. | *se termine en* or, *& se forme de l'actif, ajoutant* r.

Amor *je suis aimé* : de l'actif *Amo*.

Verbum *neutrum* est verbum desinens in *o*, quod vulgò neque *activam* significationem habet, neque *passivam*, nec potest desinere in *r*, ut *Doleo* : interdum tamen significationem habet *passivam*, ut *veneo*. | *Le verbe neutre est un verbe qui se termine en* o, *& qui pour l'ordinaire n'a la signification, ny* active, *ny* passive, *& ne se peut terminer en* r, *comme* Doleo : *Quelquefois pourtant il a la signification* passive. *comme* veneo *je suis vendu*.

Verbum *deponens* est verbum quod desinit in *or*, & tamen *activam* quodammodò habet significationem, ut | *Le verbe* deponent *est un verbe qui se termine en* or, *& toutefois a en quelque façon la signification* active, *comme*

Loquor *je parle*.

Verbum *commune* est verbum quod desinit in *or*, habetque *activam* & *passivam* significationem, ut | *Le verbe* commun *est un verbe qui se termine en* or, *& a la signification* active *&* passive, *comme*

Criminor *je blâme*, & *je suis blâmé*.

Preter hęc verba, est verbum *substantivum Sum, es, est*, cum suis compositis. | *Outre ces verbes il y a le verbe* substantif, Sum, es, est, *avec ses composez*.

Sunt verba *defectiva* quæ ita vocantur, quia multa illis desunt tempora, numeri, personæ ac modi, vel non sunt in usu, ut | *Il y a des verbes* defectifs, *que l'on appelle ainsi, parce que plusieurs temps, nombres, personnes & modes leur manquent, ou ne sont pas en usage, comme*

Memini *je me souviens*, ou *je me suis souvenu*. Odi *je hay*.

Tria sunt in verbis *Gerundia*, & desinunt in *di*, *do*, *dum*, ut | *Il y a trois* Gerondifs *aux verbes, & se terminent en* di, do, dum, *comme*

Amandi *d'aimer*, amando *en aimant*, amandum *à aimer* ou *pour aimer*.

Duo sunt *Supina*, quæ desinunt in *um*, & in *u*, ut | *Il y a deux* Supins, *lesquels se terminent en* um, *& en* u, *comme*

Doctum *être enseigné*, doctu *d'être enseigné*.

Quinque sunt *Tempora*, prę- | *Il y a cinq* Temps, *le present, le*

sens, Preteritum Imperfectum, Preteritum Perfectum, Preteritum Plus-quàm perfectum; & Futurum.

Tres sunt *personæ*, prima, secunda, & tertia.

Duo sunt *Numeri*, singularis, & pluralis.

Modi Verborum sunt quinque, scilicet *Indicativus*, *Imperativus*, *Optativus*, *Subjunctivus*, *& Infinitivus.*

Quatuor sunt Verborum *Conjugationes*, quæ distinguntur per secundam personam singularem Presentis Indicativi, & per Infinitivum.

Prima Conjugatio habet secundam personam singularem Indicativi Presentis in *as*, Infinitivum Activum in *are*, & Infinitivum Passivum in *ari*, ut

Preterit Imparfait, le Preterit Parfait, le Preterit Plusque-parfait, & le Futur.

Il y a trois Personnes, *la premiere, la seconde & la troisième.*

Il y a deux Nombres, *le singulier & le plurier.*

Il y a cinq Mœufs *aux Verbes, sçavoir*, l'Indicatif, l'Imperatif, l'Optatif, le Subjonctif, & l'Infinitif.

Il y a quatre Conjugaisons *des Verbes, lesquelles sont distinguées par la seconde personne singuliere du Present de l'indicatif, & par l'infinitif.*

La premiere *Conjugaison a la seconde personne singuliere du Present de l'Indicatif en* as, *l'Infinitif Actif en* are, *& l'Infinitif Passif en* ari, *comme*

Amo, amas, amare: Amor, amari.

Secundæ Conjugationis Verborum secunda persona singularis Indicativi Præsentis desinit in *es*, Infinitivus Activus in *ére*, & Infinitivus Passivus, in *éri*, ut

La seconde *personne singuliere du present de l'Indicatif des Verbes de la* seconde *Conjugaison se termine en* es, *l'Infinitif Actif en* ére, *& l'infinitif Passif en* éri, *comme*.

Doceo, doces, docére: Doceor, docéri.

Tertia Conjugatio Verborum habet *e* breve ante *re* in infinitivo Activo, & secundam personam indicativi in *is*, infinitivum autem passivum in *i*, ut

La troisiéme *Conjugaison des Verbes a* e *bref devant* re *à l'infinitif actif, & la seconde personne de l'indicatif en* is, *& l'infinitif passif en* i, *comme*

Lego, legis, legere: Legor, legi.

Quarta Conjugatio Verborum habet *i* longum ante *re*, in infinitivo activo; & ante *ri*, in infinitivo passivo, ut

La quatriéme *Conjugaison des verbes a* i *long devant* re, *à l'infinitif actif, & devant* ri, *à l'infinitif passif, comme*

Audio, audis, audíre: Audior, audíri.

DE PARTICIPIO. *DU PARTICIPE.*

PArticipium est adjectivum à Verbo derivatum, ac significans tempus.

LE Participe est un adjectif dérivé du Verbe, & qui signifie le temps.

Tempora Participiorum sunt tria, præsens, præteritum & futurum.

Il y a trois Temps *des Participes, sçavoir, le present, le preterit & le futur.*

Tempus *præsens*, duas habet terminationes, scilicet *ans* & *ens*, ut

Le temps present *a deux terminaisons*, ans & ens, *comme*

Amans, docens, legens, audiens.

Præteritum quatuor habet terminationes. Exempla.

Le Preterit *a quatre terminaisons. Exemples.*

Tus, *comme* amatus : sus, *comme* læsus : xus, *comme* nexus : uus, *comme* mortuus.

Futuri duæ sunt terminationes, scilicet

Il y a deux terminaisons du Futur, *sçavoir*

Rus & dus, *comme* amaturus, amandus.

Participia duas habent *declinationes*, scilicet

Les Participes ont deux declinaisons, *sçavoir*

En us, *comme* bonus, a, um : *en* ans *ou* ens, *comme* prudens, entis.

Participia habent *significationem* Verborum, à quibus descendunt.

Les Participes ont la signification *des Verbes, desquels ils descendent.*

Duo participia descendunt à verbo *activo* : præsens, ut *amans*, & futurum in *rus*, ut *amaturus*, ab *amo*.

Deux Participes descendent du verbe actif : *le present en* ans, *comme* amans, & *le futur en* rus, *comme* amaturus, de amo.

Duo Participia descendunt à verbo *passivo* : scilicet, præteritum in *tus*, ut *amatus* : & Futurum in *dus*, ut *amandus*, ab *amor*.

Deux Participes descendent du verbe passif : *sçavoir, le preterit en* tus, *comme* amatus, & *le futur en* dus, *comme* amandus, *de* amor.

A verbo *neutro* duo participia descendunt : scilicet presens in *ans* ut *stans* & futurum in *rus*, ut *staturus*, à *sto*.

Tria participia descendunt à verbo *deponenti*, presens ut *loquens* : preteritum, ut *loquutus*, & futurum in *rus*, ut *loquuturus*, à *loquor*.

Quatuor participia descendunt à verbo *communi* ; presens, ut *criminans*, preteritum, ut *criminatus* : futurum in *rus* activæ significationis, ut *criminaturus*, futurum in *dus* passivæ significationis, ut *criminandus*, à *criminor*.

Deux participes descendent du verbe neutre : *sçavoir le present*, en ans, *comme* stans, *&* *le futur en* rus, *comme* staturus, *de* sto.

Trois participes descendent du verbe deponent, *le present, comme* loquens : *le preterit, comme* loquutus, *le futur en* rus, *comme* loquuturus, *de* loquor.

Quatre participes descendent du verbe commun, *le present*, *comme* criminans, *le preterit*, *comme* criminatus : *le futur en* rus *de la signification active*, *comme* criminaturus, *le futur en* dus *de la signification passive*, *comme* criminandus, *de* criminor.

DE ADVERBIO.

Adverbium est pars orationis quæ exprimit modum quo res aliqua fit, ut

DE L'ADVERBE.

L'Adverbe est une partie d'oraison qui exprime la façon en laquelle quelque chose se fait, comme

Regiè *royalement*, strenuè *vaillamment*, &c.

Varia sunt adverbia, prout variè significant.

Il y a de plusieurs sortes d'Adverbes, selon qu'ils signifient diversement.

LOCI. ——— *DE LIEU.*

Ad questionem *Ubi* ? Hic, illic, istic, ibi. ——— *Pour la question* Ubi ? *Où, ici, là.*

Ad questionem *Quò* ? Huc, illuc, istuc, eò. ——— *Pour la question* Quò ? *Où va-t-il ? icy, là.*

Ad questionem *Quà* ? Hac, illac, istac, eà. ——— *A la question* Quà ? *par où, par icy, par là.*

Ad questionem *Undè* ? Hinc, illinc, istinc, indè. ——— *A la question* Undè ? *d'où, d'icy, de là.*

TEMPORIS. ——— *DE TEMPS.*

Nunc *maintenant* : hodie *aujourd'huy* : cras *demain* : heri *hier.* quando *quand.*

NUMERI. ——— *DE NOMBRE.*

Semel *une fois*, bis *deux fois*, ter *trois fois*, quater *quatre fois*, quinquies *cinq fois*, decies *dix fois*.

QUALITATIS. ——— *DE QUALITÉ.*

Benè *bien*, malè *mal*, rectè *droitement*, ſapienter *ſagement*, fortiter *fortement*.

AFFIRMANDI, ——— *D'AFFIRMER.*

Profectò, certè, ſanè, *certainement*, *certes*, *aſſeurément.*

INTERROGANDI, ——— *D'INTERROGER.*

Cur, quare, quamobrem, quid ita; *pourquoy*, quomodo, *comment.*

DUBITANDI, ——— *DE DOUTER.*

Fors, forſan, forſitan, fortè, fortaſſe, *d'avanture*, *peut-être.*

CONGREGANDI, ——— *D'ASSEMBLER.*

Simul, unà *enſemble*, pariter, juxtà *pareillement*, conjunctim *conjointement.*

VOCANDI, ——— *D'APPELLER.*

O, ho, heus, *hola.*

HORTANDI, ——— *D'EXHORTER.*

Eia, age, agite, *courage.*

OPTANDI, ——— *DE DESIR.*

Utinam! ô ſi! *à la mienne volonté*, *ô que ſi!*

DEMONSTRANDI, ——— *DE MONSTRER.*

En, ecce, hem *voilà.*

SIMILITUDINIS, ——— *DE SIMILITUDE.*

Quaſi, ceu, velut, ut, tanquam, quemadmodum, perindè, ſicut, ſicuti *comme*, ſic, ita, itidem *ainſi*, *de même.*

QUANTITATIS, ——— *DE QUANTITÉ.*

Quantùm *combien*, multùm *beaucoup*, parùm *peu*, minimùm *fort peu*, plus *davantage*, &c.

Adverbia qualitatis comparantur, & eorum *comparativus* terminatur in *iùs* ut *doctiùs.*

Superlativus deſinit in *imè*, ut *doctiſſimè.* Exem.

Les adverbes de qualité ſe comparent, & leur comparatif *ſe termine en* iùs, *comme* doctiùs.

Le ſuperlatif ſe termine en imè, *comme* doctiſſimè. *Exem.*

Doctè *doctement*, doctiùs *plus doctement*, doctiſſimè *tres-doctement.*

Sunt prepoſitiones quæ fiunt adverbia, nec regunt caſus, & comparantur, ſcilicet

Il y a des prepoſitions qui deviennent adverbes, & qui ne gouvernent pas de cas, & ſe comparent, ſçavoir

Infrà *en bas*, inferiùs *plus bas*, infimè *tres-bas.*

DE PRÆPOSITIONE. *DE LA PREPOSITION.*

PRæpoſitio eſt pars orationis, quæ aliis partibus præponitur, aut ſejunctim, ut *à Rege*, aut conjunctim, ut *confero*.

LA prepoſition eſt une partie d'oraiſon, qui ſe met devant les autres mots, ou ſeparément, comme à Rege, *devant le Roy, ou conjointement, comme* confero, *je confere.*

Duplex eſt præpoſitio, una ſeparabilis, altera inſeparabilis.

Il y a deux ſortes de prepoſitions, la ſeparable & l'inſeparable.

Præpoſitiones inſeparabiles ſunt octo.

Il y a huit prepoſitions inſeparables.

Di, dis, re, ſe, am, co, com, con. *Exemples.* Diduco, diſtraho, recipio, ſeduco, amplector, cohæreo, complector, conduco.

Reliquæ omnes præpoſitiones ſunt *ſeparabiles:* quarum aliæ præponuntur Accuſativo tantùm, aliæ ablativo tantùm, aliæ utrique caſui.

Toutes les autres prepoſitions ſont ſeparables : *deſquelles les unes ſont miſes devant l'Accuſatif ſeulement, les autres devant l'Ablatif ſeulement, les autres devant l'un & l'autre cas.*

Hæ triginta præponuntur *Accuſativo*, ſcilicet

Ces trente ſont miſes devant l'Accuſatif, *ſçavoir*

Ad, apud, antè, adverſùm *vel* adverſùs, cis, circà, circùm, circiter, contrà, ergà, extrà, inter, intrà, infrà, juxtà, ob, penes, per, propè, poſt, ponè, propter, præter, ſecundùm, ſuprà, ſecùs, trans, ultrà, uſque.

Quindecim præponuntur *Ablativo*, ſcilicet

Il y a quinze prepoſitions qui ſont miſes devant l'Abl. *ſçavoir*

A, ab, abs, abſque, cum, coràm, clam, de, è, ex, pro, præ, palam, ſine, tenus.

Quatuor præpoſitiones præponuntur *utrique caſui.*

Il y a quatre prepoſitions qui ſont miſes devant l'accuſatif & l'ablatif.

In, ſub, ſuper, *&* ſubter.

DE CONJUNCTIONE. *DE LA CONJONCTION.*

Conjunctio est pars orationis quæ cæterarum sensum connectit : & novem sunt species Conjunctionum, scilicet, *copulativa*, *disjunctiva*, *causalis*, *ratiocinativa*, *expletiva*, *conditionalis*, *adversativa*, *demonstrativa & comparativa*.

La conjonction est une partie d'oraison, qui lie & unit le sens des autres, & il y en a de neuf sortes ; sçavoir, copulative, disjonctive, causale, rationale explétive, conditionale, adversative, demonstrative, & comparative.

Conjunctiones *copulativa* sunt quæ sensum & verba copulant, ut

Les conjonctions copulatives, *sont celles qui joignent & unissent le sens & les paroles, comme*

Et, que, ac, atque & at *mais*. Quoque, etiam *aussi*. Cùm *non seulement* : tum, &c. *mais encore*, &c.

Disjunctiva, quæ sensum dividunt.

Les disjonctives, *qui divisent le sens.*

Vel, nec, seu, sive, aut, *ou*. Autem *or*. Neu, neve, ne, *de peur que*.

Causales, quæ demonstrant causam & rationem.

Les causales, *qui monstrent la cause & la raison.*

Enim, etenim, nam, namque, *car*. Quia, quòd *parce que*. Namque *car*. Propterea *à cause de cela*. Quando *puisque*.

Ratiocinativa, quæ orationem concludunt.

Les rationales *qui concluent le discours.*

Ergo, igitur *donc*. Ideoque *pour cet effet*. Quare, quamobrem *c'est pourquoy*. Itaque *partant*.

Expletiva, quæ sensus complemento inserviunt.

Les expletives *qui servent à remplir le sens.*

Quidem, equidem, certè.

Conditionales, quæ conditionem designant.

Les conditionelles, *qui marquent une condition.*

Si, *si*. Nisi *sinon*, *si ce n'est que*.

Adversativæ, quæ contrarium sensum opponunt. | Les adversatives, *qui opposent un sens contraire.*

At, sed, verùm *mais*. Quin *qu'au contraire*. Etsi, quamvis *quoique*. Tamen, attamen *toutefois*.

Demonstrativæ, quæ demonstrant quod in oratione est explicandum. | *Les* demonstratives, *qui font connoistre ce qu'il faut expliquer dans le discours.*

Nempè, nimirùm, videlicet, scilicet, *sçavoir est*.

Comparativæ, quæ comparationi inserviunt. | *Les* comparatives, *qui servent à faire quelque comparaison.*

Ut, velut, veluti, ceu, tanquam, perindè, &c. *comme*.

Duplex est *ordo* in conjunctionibus Aliæ preponuntur dictionibus, & vocantur *præpositivæ*: quædam illas sequuntur, & sunt *postpositivæ*. | *Il y a deux* ordres *differens dans les conjonctions. Les unes sont appellées* prepositives, *parce qu'elles precedent : les autres postpositives, parce qu'elles suivent.*

Conjunctiones *præpositivæ*, sunt, | *Les conjonctions* prepositives *sont*;

Ac, atque *&*, at, est, sed *mais*. Aut *ou*. Nec, neque *ny*. Ni, nisi, sin *sinon*.

Conjunctiones *postpositivæ* sunt, | *Les conjonctions* postpositives *sont*,

Que, verò *&*, vel *ou*. Quidem *certes*. Quoque, autem *aussi*.

Aliæ *communes* sunt. | *Les autres sont* communes

Ergo, igitur, ideò, tamen, &c.

DE INTERJECTIONE. | *DE L'INTERJECTION.*

INterjectio est vox indeclinabilis, quæ mentis affectum exprimit. | *L'Interjection est une voix indeclinable qui exprime les mouvemens de l'ame.*

Significationes interjectionum sunt testimonia *lætitiæ*, *tristitiæ*, *admirationis*, *indignationis*, *exclamationis*, *exhortationis*, *irrisionis*, *contemptûs*, *&* *silentii*, ut | *Les significations des interjections sont des témoignages de* joye, *de* tristesse, *d'*admiration, *d'*indignation, *d'*exclamation, *d'*exhortation, *de* dérision, *de* mépris, & *de* silence, *comme*.

Ho, io, heu! ah, hui, ô, papæ! proh, væ.

LES CONCORDANCES LATINES ET FRANÇOISES.

La Concordance de l'Adjectif avec le Substantif.

DEus Sanctus, *Dieu Saint?* Quare est oratio Latina? *Pourquoy est-ce bien dit en Latin?* Quia Substantivum & Adjectivum concordant in genere, numero & casu. *Parce que le Substantif & l'Adjectif s'accordent en genre, en nombre & en cas,* Deus *est le Substantif, &* Sanctus *est l'Adjectif, tous deux de genre masculin, au nombre singulier, & au nominatif. Autres Exemples:* Mulier sancta, *femme sainte:* Templum sanctum, *Temple saint.*

Qu'est-ce qu'un Substantif? C'est un nom qui ne convient qu'à une sorte de chose; comme Homo *ne convient qu'à ce qui est appellé homme:* Domus *ne convient qu'à ce qui est appellé maison.* Urbs *ne convient qu'à ce qui est appellé ville.*

Qu'est-ce qu'un Adjectif? C'est un nom qui peut convenir à diverses sortes de choses, & a toûjours trois genres, comme Bonus *peut convenir à l'homme, à la maison, à la ville: car on peut dire, un bon homme, une bonne maison, une bonne ville, & on dit* Bonus, bona, bonum, *pour les trois genres. Quelquefois il n'a que deux terminaisons pour les trois genres comme* hic & hæc suavis & hoc suave, *doux & douce. Quelquefois il n'a qu'une terminaison, comme* hic, hæc, hoc felix *heureux, heureuse.*

Concordance du Relatif avec l'Antecedent.

DEus quem adoramus, *Dieu que nous adorons.* Quare sic dicitur? *Pourquoy dit-on ainsi?* Quia Relativum &

Antecedens concordant in genere, numero & persona.
Parce que le Relatif & l'Antecedent s'accordent en genre, en nombre & en personne: Deus *est l'Antecedent*, *&* quem *est le Relatif, tous deux du masculin, au nombre singulier, & de la troisiéme personne. Autres exemples.* Mater quam, *la mere que :* Templum quod, *le Temple que.*

Quel est le Relatif? C'est le plus souvent, qui, quæ, quod: *& quelquefois aussi*, Ille, ipse, hic, is.

Quel est l'Antecedent? C'est un nom Substantif, ou un Pronom demonstratif, qui est devant le Relatif.

L'Antecedent est-il toûjours devant le Relatif? Quelquefois le Relatif est devant l'Antecedent, & alors ils sont au mesme cas. Exemple. Quas litteras scripsi, *Lesquelles lettres j'ay écrites.*

*Comment connoissez-vous de quelle personne sont le Relatif & l'Antecedent? Je le connois d'autant qu'il n'y a qu'*Ego *qui soit de la premiere personne, & il n'y a que* Tu *de la seconde; & tout le reste des Noms & Pronoms sont de la troisiéme, excepté les Vocatifs, qui sont aussi de la seconde; &* Qui, quæ, quod: *&* ipse, ipsa, ipsum, *qui sont de toute personne : car on peut dire,* Ego qui, tu qui, Petrus qui; Ego ipse, tu ipse, Petrus ipse.

CAS DU RELATIF.

En quel cas faut-il mettre le Relatif? au cas que requiert le Verbe qui est aprés luy.

Comment exprimez-vous en Latin les Pronoms François Qui *&* que? *Quand il y a en François* Qui, *il faut mettre le Relatif* Qui, quæ, quod, *au Nominatif. Exemple. Dieu qui*, Deus qui. *La Sœur qui*, Soror quæ.

Quand y il a en François Que, *s'il se peut resoudre par* lequel *ou* laquelle; *il faut le plus souvent mettre le Relatif à l'Accusatif. Exemple. Dieu que*, Deus quem. *La Sœur que*, Soror quam.

Quand il y a en François lequel *ou* lesquels, *que faut-il faire? il faut resoudre*, lequel *ou* lesquels, *par* qui *ou par* que. *Exemple. Pierre lequel j'aime, s'explique Pierre* que *j'aime, & l'on met* qui, quæ, quod, *à l'Accusatif. Pierre lequel étudie, s'explique Pierre* qui *étudie; & l'on met* qui, quæ, quod, *au Nominatif.*

Quand il y a en François, de qui, à qui, duquel, desquels, auquel, ausquels, *que faut-il faire? Il faut mettre* qui, quæ, quod, *au cas que requiert l'article François: tellement que s'il y a* de qui, duquel, desquels, *il faut mettre* qui, quæ, quod *au Genitif*, ou *à l'Ablatif: s'il y a* auquel, ausquels, *il le faut mettre au Datif. Exemple. Jean de qui*, Joannes cujus. *Les hommes à qui*, homines quibus. *Jean auquel*, Joannes cui. *Les hommes desquels*, homines quorum, &c.

Quand il y a en François que, *faut-il toûjours mettre* qui, quæ, quod, *à l'Accusatif? Oüy, quand le Verbe qui suit gouverne l'Accusatif: car si le Verbe qui est aprés gouverne un autre cas, il faut mettre* qui, quæ, quod, *au cas que ce Verbe regit: tellement que pour dire en Latin, Dieu que j'aime, je diray*, Deus quem amo, *le Relatif à l'Accusatif, parce que* amo *gouverne l'Accusatif. La leçon que j'étudie*, Lectio cui studeo, *le Relatif au Datif; parce que* studeo *gouverne le Datif. La leçon que j'oublie.* Lectio cujus obliviscor, *le Relatif au Genitif; parce que* obliviscor *gouverne le Genitif. La maison que je défends*, domus quâ interdico, *le Relatif à l'Ablatif, dautant que* interdico *gouverne l'Ablatif: & ainsi des autres.*

QUE *APRE'S UN VERBE.*

Quand il y a en François que, *est-ce toûjours le Relatif* qui, quæ, quod? *Non: car quand la particule* que *est aprés un Verbe, ce n'est pas un Relatif, comme quand il y a: Je croy que, je veux que, & semblables. En un mot, quand la particule* que, *ne se peut resoudre par* lequel *ou* laquelle, *ce n'est pas un Relatif, & il ne se faut pas servir de* qui, quæ, quod.

Que faut-il donc faire quand la particule que, *est aprés un Verbe? Il ne la faut point exprimer en Latin, mais il faut mettre le Verbe suivant à l'Infinitif, & le Nom ou Pronom qui est devant à l'Accusatif. Exem. Tu dis que je lis,* Dicis me legere. *Il faut que tu aimes,* Oportet te amare. *Je veux que Pierre étudie,* Volo Petrum studere. *Je pense que les enfans ont leu,* puto pueros legisse.

Ne peut-on pas exprimer en Latin cette particule que? *Si la particule* que, *est aprés un de ces Verbes,* oportet, volo, cupio, facio, curo, rogo, precor, *& semblables, on la peut élegamment exprimer par la conjonction* ut, *mettant le Verbe suivant au Subjonctif. Exem. Il faut que tu lises,* oportet ut legas. *Je veux que Pierre étudie,* volo ut Petrus studeat. *La conjonction* ut, *peut être sous-entenduë: car on peut fort bien dire,* Oportet legas, volo Petrus studeat. *Aprés les autres Verbes, on exprime quelquefois* que *par une de ces conjonctions* quòd *ou* quia, *mettant le Verbe à l'Indicatif. Exem. Je pense que les enfans ont leu,* puto quòd pueri legerunt.

Quand il y a qu'il *entre deux Verbes, il faut voir si le nominatif du premier Verbe est aussi le nominatif du second, &* il, *se rapportant au nominatif du premier Verbe doit être exprimé par* se, *non par* illum. *Exem. Pierre dit qu'il aime,* Petrus dicit se amare.

Que, *aprés*, Si.

N'y a-t-il autre chose à observer en cette particule que?

Quand cette autre particule si, *est devant* que, *il faut exprimer en Latin* si, *par un de ces Adverbes,* ità, tàm, adeò *& la particule* que, *par la conjonction* ut, *avec un Subjonctif. Exem. Dieu est si bon qu'il aime les hommes,* Deus est tam bonus ut amet homines. *Jean est si paresseux qu'il n'étudie jamais,* Joannes est adeò piger ut nunquam studeat.

Quand la particule si, *est en François devant un Substan-*

tif, ou un Pronom suivy d'un Verbe, on l'exprime ordinairement en Latin par la conjonction si. *Exemple. Si Pierre vient*, si Petrus veniat *ou* venerit, si legas *ou* legeris, *si vous lisez.*

SON, SA, SES.

Quand ces pronoms François, Son, sa, ses, leur, leurs, *se rapportent au Nominatif du Verbe, il les faut ordinairement exprimer en Latin par le Pronom*, Suus, sua, suum : *s'ils se rapportent à autre chose, il les faut exprimer par les genitifs d'un de ces Pronoms*, ille, ipse, is. *Exemp. Les parens châtient leurs enfans de leur autorité pour leur profit*, parentes corripiunt liberos authoritate suâ, propter illorum utilitatem.

Concordance du Verbe avec son Nominatif.

EGo audio, *j'entends*; Quare sic dicitur? *Pourquoy dit-on ainsi?* Quia omne verbum personale finiti modi convenit cum nominativo in numero & personâ. *Tout Verbe personel, qui n'est point à l'infinitif, s'accorde avec son nominatif, exprimé ou sous entendu en nombre & en personne.* Audio *est Verbe personnel*; Ego *est son Nominatif, tous deux au singulier, & de la premiere personne.*

Pourquoy dites-vous exprimé, ou sous-entendu? Parce qu'ordinairement le Nominatif est sous-entendu en la premiere & seconde personne, & de même en la troisiéme, quand c'est un pronom.

Si le Verbe est à l'Infinitif, quel cas veut-il avoir devant soy? Un Accusatif. Exem. Volo pueros studere, *je veux que les enfans étudient.*

PARTICULE ON.

N'y a-t-il rien davantage à observer au Verbe Personnel?
Il faut de plus bien remarquer la particule On, *comme quand il y a en François, On aime, on enseigne, on étudie, & semblables.*

Que faut-il donc faire quand la particule On *se rencontre? il faut mettre le Nom ou Pronom au Nominatif, & le Verbe au Passif, le faisant accorder, en nombre & en personne. Exemple. On me tient*, ego teneor. *On aime Pierre*, amatur Petrus. *On vous enseigne*, vos docemini. *On a dit*, dictum est, &c.

Si la particule On *est devant* Peut, *ou* Doit, *que faut-il faire? Il faut mettre le Nom* ou *Pronom au Nominatif, avec lequel il faut faire accorder* possum *ou* debeo, *en nombre & en personne, & mettre le Verbe qui suit à l'infinitif passif. Exemple. On me doit aimer*, ego debeo amari. *On vous peut enseigner*, vos potestis doceri, &c.

Mais si le Verbe qui est aprés possum *ou* debeo *n'a point de passif, il faut mettre* possum *ou* debeo *en la troisiéme personne du pluriel, & son nominatif sera sous-entendu. Exemple. On doit étudier*, debent studere. *On peut parler*, possunt loqui, &c. *Ainsi* Student, *on étudie.* Loquuntur, *on parle.*

Si aprés la particule On, *suit la particule* que, *comment faut-il faire? Il ne faut point exprimer en Latin* que; *mais il faut seulement mettre le Verbe qui suit à l'infinitif, & prendre le Nominatif de ce dernier Verbe pour en faire le Nominatif du premier. Exemple. On dit que j'aime*, Dicor ego amare. *On croit que Jean a leu*, Creditur Joannes legisse. *On dit que les enfans liront*, Dicuntur pueri lecturi.

PARTICULE

PARTICULE POUR.

N'y a-t-il plus rien à observer ? Il faut encore remarquer cette particule pour, *mise en François devant l'Infinitif ; comme quand il y a, pour étudier, pour enseigner, pour aimer, pour disputer & semblables.*

Que faut il faire alors ? Il faut exprimer la particule pour *par la preposition* ad, *avec le Gerondif en* dum. *Exemple. Pour étudier*, ad studendum. *S'il se rencontre un substantif, on peut fort bien du gerondif en faire un adjectif, quand le verbe regit l'accusatif. Exemple. Je travaille pour gagner de l'argent*, laborat ad lucrandam pecuniam.

Ne peut-on pas autrement exprimer pour ? *On le peut élegamment exprimer par la conjonction* ut *avec le subjonctif, prenant garde à quelle personne il se rapporte. Exemple. J'étudie pour devenir docte*, Studeo ut fiam doctus. *Tu viens pour étudier*, venis ut studeas. *Le maistre étudie pour enseigner*, Præceptor studet ut doceat. *Nous travaillons pour vivre*, Laboramus ut vivamus.

On peut encore exprimer pour *par ces ablatifs*, causâ & gratiâ, *avec le gerondif en* di. *Exemple. Pour écouter*, audiendi causâ. *Pour enseigner*, docendi gratiâ.

Concordance de la Réponse avec la Demande.

QUis te redemit ? *Qui vous a racheté ?* Jesus-Christus, *Jesus-Christ :* Quare est oratio Latina ? *Pourquoy est-ce bien dit en Latin ?* Quia interrogativum, & responsivum concordant in casu. *Parce que la demande & la réponse s'accordent en cas. Comme icy la demande* quis, *est au nominatif, & la réponse* Jesus *est aussi au nominatif. Autres exemples :* Cujus est liber ? Petri ; *à qui est le livre ? à Pierre.* Cui dedisti ? fratri ; *à qui as-tu donné ? au frere.* Quem amas ? Deum ; *qui aimes-tu ? Dieu.* A quo accepisti, à Præceptore ; *de qui as-tu receu ? du Maistre.*

En premier lieu sont exceptez les noms de prix, qui ne sont pas toûjours mis au mesme cas : comme Quanti emisti? *Combien avez vous acheté?* quinque assibus, *cinq sols.*

En second lieu les pronoms possessifs, Meus, tuus, suus, &c. *qui se mettent au Nominatif: comme*, Cujus est imago? *à qui est l'image?* Mea est, *elle est à moy.*

Concordance des noms Substantifs joints.

URbs Roma, *la Ville de Rome:* Quare dicitur Latinè? *Pourquoy est-ce bien dit en Latin?* Quia quoties plura Substantiva ad eandem rem pertinentia ponuntur simul, debent esse ejusdem casûs. *Quand plusieurs Substantifs appartenant à mesme chose, c'est à dire, qui signifient une mesme chose, sont mis de suite, ils doivent estre de mesme cas. Exemple.* Aristoteles, homo Græcus, Philosophus, *Aristote, homme Grec, Philosophe.* Ludovicus Rex, *Loüis Roy.*

Quand entre deux noms Substantifs François la particule de *ne se rencontre point, c'est signe qu'ils appartiennent à une mesme chose; comme Pierre homme*, Petrus homo.

On peut encore reconnoistre que deux Substantifs appartiennent à une mesme chose, quand de *ou* des *se peuvent resoudre par* qui est, *ou* qui est appellé. *Exemple. La Province de Champagne, c'est à dire, qui est appellée Champagne.*

Liber Petri, *le Livre de Pierre:* Quare rectè dicitur? *Pourquoy est-ce bien dit?* Quia quoties duo nomina Substantiva ad diversa pertinentia ponuntur simul, alterum debet esse genitivi casûs. *Quand deux substantifs mis de suite signifient diverses choses, le dernier doit estre au Genitif, comme on voit en cet exemple*, Liber Petri, *où* Petri *est au Genitif parce que le Livre & Pierre ne sont pas une mesme chose.*

Petrus & Joannes student, *Pierre & Jean étudient :* cur Latinè dicitur? *Pourquoy est-ce bien dit?* Quia plura Substantiva copulata per copulativam Conjunctionem, debent esse ejusdem casûs. *Plusieurs Substantifs entre lesquels il y a quelque Conjonction copulative, doivent estre de mesme cas : comme vous voyez par l'exem. cy-dessus. Autre exem.* Thomas Andreasque ludunt, *Thomas & André jouent.*

VERBE après plusieurs noms.

Pourquoy mettez-vous le Verbe au plurier? Parce que plusieurs noms joints ensemble veulent un plurier.

Si plusieurs noms joints ensemble sont de diverses Personnes, *que faut-il faire? Il faudra faire accorder le Verbe avec la plus noble Personne.*

Quelle personne est la plus noble? La premiere est plus noble que les autres, & la seconde est plus noble que la troisiéme. Exem. Ego, tu & Joannes studemus, *Moy, toy & Jean étudions.* Tu & Petrus luditis, *Toy & Pierre vous jouez.*

ADJECTIFS après plusieurs Substantifs.

Si les noms qui sont joints ensemble sont de divers Genres, *comment faudra-t-il faire? Il faudra mettre l'Adjectif ou le Relatif suivant au plurier, & le faire accorder avec le Substantif du plus noble Genre.*

Quel Genre est le plus noble? Le masculin est plus noble que les autres, & le feminin est plus noble que le neutre. Exem. Pater & mater quos amo, *Le pere & la mere que j'aime.* Frater & soror sunt boni, *le frere & la sœur sont bons.*

Mais si plusieurs Substantifs de divers genres joints ensemble signifient choses qui n'ayent point d'ame, il faudra mettre l'Adjectif ou le Relatif plurier au Neutre genre. Ex. Virtus & vitium sunt contraria, *la vertu & le vice sont contraires.*

La Construction des Comparatifs.

Doctior illo, *Plus docte que luy.* Quare? *Pourquoy?* Quia Comparativus regit Ablativum, *Parce que le Comparatif gouverne un Ablatif.* Doctior *est Comparatif, &* illo *est Ablatif.*

Qu'est-ce qu'un Comparatif? c'est un adjectif terminé en ior *& en* ius: ut hic & hæc ſanctior & hoc ſanctius, *plus ſaint. Ou bien un adverbe terminé en* iùs: ut, ſanctiùs *plus ſaintement.*

Le comparatif ſe forme du cas, i, *c'eſt à dire du genitif, ſi l'adjectif eſt de la ſeconde declinaiſon, & du datif, s'il eſt de la troiſiéme, ajoûtant* or, *&* us. *Exem.* de ſancti, *ajoûtant* or, *pour le maſculin & le feminin, ſe fait* ſanctior, *&* us *pour le neutre*, ſanctius.

L'adverbe ſe compare auſſi, changeant la terminaiſon, e, *ou* er, *en* iùs; *comme de* ſancte, ſanctiùs, ſapienter, ſapientiùs.

Quelques poſitifs forment leur comparatif irregulierement; bonus, *bon*, *comp.* melior, us, *meilleur*; malus, *méchant*, *comp.* pejor, us, *pire*; magnus, *grand*, *comp.* major, us, *plus grand*, parvus, *petit*, *comp.* minor, us, *plus petit*, *& de l'adverbe* benè, *vient* meliùs, *& de* malè, pejùs.

Quand ſe faut il ſervir du comparatif? Quand en François la particule plus eſt ſuivie de cette autre particule que: *comme quand on dit, Plus docte que Jean: plus fort que Pierre, & ſemblables.*

Se faut-il toûjours ſervir du comparatif, quand il y a en François plus que? *Il n'eſt pas neceſſaire; car on peut exprimer* plus, *par l'adverbe* magis, *avec le poſſeſſif & la particule* que, *par la conjonction* quàm. *Exem. Plus docte que Pierre,* magis doctus quàm Petrus.

Remarquez qu'il ſe faut toûjours ſervir de l'adverbe magis *quand le comparatif n'eſt point en uſage. Exem. Plus pieux*, magis pius. *Plus douteux*, magis dubius; *parce que* pius *&* dubius *n'ont point de comparatif.*

Remarquez encore que ſi la particule plus, *eſt avec un verbe, il la faut exprimer par l'adverbe* magis, *ou bien par l'adjectif* plus, pluris. *Exem. J'ay plus aimé*, magis amavi. *J'ay plus écrit*, plus *ou* plura ſcripſi.

Le nom partitif faiſant comparaiſon de deux choſes ſeulement, gouverne le genitif plurier. Exemple. La plus forte des mains, fortior manuum.

Si aprés un comparatif suit un verbe accompagné d'une negation, elle ne s'exprime pas. Exem. Dieu est meilleur que vous ne pensez, Deus melior est quàm putes.

Si le mot qui suit un comparatif ne peut pas estre à l'ablatif, ou si par quelque autre regle il doit estre à l'ablatif, on se sert de la particule quàm. *Exem.* Hoc pluris vænitt quàm duobus assibus, *cela a esté vendu plus de deux sols.* Beatiùs est obsequi Deo, quàm ei adversari, *c'est un plus grand bonheur d'obeïr à Dieu, que de luy estre contraire.*

Ces adverbes se joignent au comparatif, Multò, eò, quò, quantò, tantò. *Exem.* Multò sapientior, *beaucoup plus sage.* Eò doctior, *d'autant plus docte.*

La Construction des Superlatifs.

DOctissimus Poëtarum, *Le plus docte des Poëtes.* Quare? *Pourquoy?* Quia superlativus habet genitivum pluralem, *vel* genitivum singularem nominis collectivi; *le superlatif veut avoir un genitif pluriel ou un genitif singulier d'un nom collectif.*

Qu'est-ce qu'un nom collectif? c'est un nom qui signifie plusieurs au singulier. Ut plebs, populus *peuple*, turba *troupe*; grex *troupeau*, exercitus *armée, & autres semblables.*

Qu'est-ce qu'un superlatif? C'est un adjectif terminé en imus, ima, imum, ut sanctissimus, sanctissima, sanctissimum, *tres-saint: ou bien un adverbe terminé en* imè, *comme* sanctissimè, *tres-saintement.*

Le superlatif se forme du cas i, *aussi bien que le comparatif, comme du genitif sancti, ajoûtant* ssimus, a, um, *se fait* sanctissimus, a, um.

Les adverbes de mesme changent e, *ou* er, *en* issimè, *comme* sanctè, sanctissimè, sapienter, sapientissimè.

Les adjectifs en er, *forment leur superlatif du nominatif, ajoûtant* rimus, a, um, pulcherrimus, a, um; facilis *avec ses compagnons changent* is *en* limus, utilis, *a* utillimus, a, um.

Les adjectifs & adverbes qui forment leur comparatif irre-

gulierement en font de même de leur Superlatif; comme bonus, optimus, malus, pessimus, magnus, maximus, parvus, minimus, benè, optimè, malè, pessimè.

Quand se faut-il servir du Superlatif? Quand il y a un article François devant plus: *comme quand il y a, le plus docte, du plus docte, au plus docte: les plus doctes, des plus doctes, aux plus doctes.*

Quand est-ce que le Superlatif veut avoir un Genitif? Quand il y a un de ces articles, de, du, des, *ou* d'entre, *aprés la particule* plus. *Exem. Le plus docte de tous.* Doctissimus omnium. *Le plus grand du troupeau*, maximus gregis. *Le plus docte des Poëtes*, doctissimus Poëtarum.

Faut-il toûjours mettre un genitif aprés le Superlatif? Il n'est pas necessaire: car au lieu du genitif, on peut mettre la preposition inter *avec l'accusatif; ou bien la preposition* ex, *avec l'Ablatif: & ainsi au lieu de dire*, Doctissimus Poëtarum, *on peut dire*, doctissimus inter Poëtas, *ou bien*, doctissimus ex Poëtis.

Les noms Partitifs, tels que sont, Aliquis, quidam, quivis, quisque, quicunque, alter, nullus, nemo, neuter: *les interrogatifs*, quis, quotus, uter: *les pronoms aussi partitifs, comme* ille, hic: *& les noms de nombre, comme* unus, duo, tres, &c. primus, secundus, tertius, &c. *Tous ces noms peuvent être construits de même façon que les Superlatifs. Exem.* Aliquis vestrûm, aliquis ex vobis, aliquis inter vos. Quis vestrûm? quis ex vobis? quis inter vos? Ille virorum, ille ex viris, ille inter viros. Unus hominum, unus inter homines, unus ex hominibus. Primus omnium, primus inter omnes, primus ex omnibus.

Qu'est ce qu'un nom Partitif? C'est un nom qui signifie une partie de quelque multitude.

Des Verbes Substantifs, Vocatifs & Equivalens.

DEus est bonus: *Dieu est bon.* Tu vocaris Joannes: *Tu es appellé Jean.* Ego fio doctus, *je deviens docte.*

Quare? *Pourquoy?* Quia Verbum Substantivum, Verba Vocativa & quæ vim eorum habent, petunt utrinque, id est, ante se & post se Nominativum ejusdem numeri. *Le Verbe Substantif, les Verbes Vocatifs & ceux qui ont mesme force, quand ils ne sont point à l'infinitif, veulent devant & aprés eux un Nominatif de mesme nombre.*

Qui est le Verbe substantif? C'est Sum, *Je suis.*

Qui sont les Verbes Vocatifs? Il y en a cinq: Appellor, vocor, dicor, nominor, nuncupor.

Qui sont les Verbes qui ont la force du Substantif ou des Vocatifs? Fio, existo, evado, exto, videor, judicor, inscribor, *& plusieurs autres.*

Quand ces Verbes sont à l'Infinitif quel cas demandent-ils? Ils demandent aprés eux semblable cas qu'ils ont devant; tellement que s'ils ont devant un Nominatif, ils auront aprés un Nominatif: s'ils ont devant un Accusatif, ils auront aprés un Accusatif. Exemples. Dicitur Joannes esse doctus: dico Joannem esse doctum. Filius vult vocari Joannes: Volo filium vocari Joannem. Creditur Joannes fieri sapiens: Credo Joannem fieri sapientem.

S'il y a un Genitif ou un Datif devant l'Infinitif Esse, *quel cas mettra-t-on aprés luy? On y met rarement les mesmes cas, mais le plus souvent un Accusatif. Exemple.* Justitiæ licet esse ultrici, *vel* ultricem scelerum, *il est permis à la Justice d'estre vangeresse des crimes.*

Interest hominis esse sapientis *vel* sapientem, *il importe à l'homme d'estre sage.*

REMARQUES sur le Verbe SUM.

Les composez de Sum, *gouvernent le plus souvent un Datif. Exemple.* Adsum tibi. Prodest mihi.

Sum *pour* pertineo, *gouverne un Genitif. Exemple.* Hic liber est Præceptoris, *ce livre appartient au Maistre.*

Sum *pour* habeo, *gouverne le nom de la personne qui a, au Datif. Exemple.* Est mihi pater, *J'ay un pere.*

Sum *pour* affero, *gouverne deux datifs. Exemple.* Id erit mihi laudi, *cela m'apportera de la loüange.*

La construction du verbe actif.

AMo Deum, *j'aime Dieu*, Quare? *Pourquoy?* Quia omne verbum activum regit post se accusativum. *Tout verbe actif gouverne aprés soy un accusatif.* Amo *est le verbe actif, qui a aprés soy l'accusatif* Deum.

N'y a-t-il que le verbe actif qui gouverne l'accusatif? Tout verbe qui a la signification active, encore qu'il soit neutre, deponent, ou commun, gouverne aussi l'accusatif. Exemple. Facio injuriam, *je fais injure.* Precor Deum, *je prie Dieu.* Amplector matrem, *j'embrasse ma mere.*

Il y a cinq verbes deponens qui gouvernent l'ablatif, à sçavoir, Fungor, fruor, potior, vescor & utor. *Exemples.* Fungor officio: fruor otio: potior voluptate: vescor pane, abutor patientiâ.

La construction du verbe passif.

AMor à Deo, *je suis aimé de Dieu.* Quare? *Pourquoy?* Quia omne verbum passivum regit post se ablativum cum præpositione à *vel* ab. *Tout verbe passif gouverne aprés soy un ablatif, avec la preposition* à *ou* ab. Amor *est un verbe passif, qui regit l'ablatif* Deo, *avec la preposition* à.

Il faut mettre la preposition à *devant une consonne. Exem.* Amor à Deo, *& la preposition* ab *devant une voyelle: Exemple* Amor ab Antonio.

N'y a t-il que le passif qui gouverne l'ablatif? Tout verbe qui a la signification passive, encore qu'il soit neutre ou commun, gouverne l'ablatif avec à *ou* ab *Exem.* Vapulo à præceptore, *je suis battu du maistre.* Osculor à matre, *je suis baisé de ma mere.*

Peut-on retourner le passif en actif? Ouy, en ostant à *ou* ab *changeant l'ablatif au nominatif avec lequel il faut accorder le verbe actif en nombre & en personne, & mettant le nominatif du passif à l'accusatif: Exemple.* Ego amor à Deo, Deus amat me.

Remarquez qu'on est obligé de faire ce changement quand la phrase est passive en François, & que le verbe latin est neutre ou deponent. Exemple. Pierre a esté favorisé de la fortune. Petro favit fortuna.

Quels sont les noms adjectifs qui gouvernent aussi l'ablatif avec la preposition à *ou* ab, de, è, ex? *Ce sont* Alius, alter, primus, secundus, &c. *Exemple.* Alius ab alio, *autre que luy.* Alter ab Alexandro, *autre qu'Alexandre.* Primus à Rege, *Le premier aprés le Roy.*

La construction de quelques Verbes.

CEs *trois verbes*, Celo, rogo, & doceo, *veulent deux accusatifs. Exemple.* Celavit me hanc rem. *Il m'a celé cette chose,* Unum me rogavit, *il m'a prié d'une chose.* Doceo pueros Grammaticam, *j'enseigne la Grammaire aux enfans.*

Remarquez que quand ce verbe doceo *est au passif, la chose demeure à l'accusatif, & la personne devient nominatif. Exemple. Les sciences ont esté enseignées aux escoliers,* scientias docti sunt scolastici.

Ces trois verbes, Scribo, mitto, & fero, *gouvernent le nom de la chose à l'accusatif, & le nom de la personne au datif, ou bien à l'accusatif, avec la preposition ad. Exemple.* Scribo ad te, *vel* scribo tibi litteras, *je t'écris des lettres.* Mitto ad te, *vel* mitto tibi epistolam, *je t'envoye une epistre.* Feram ad te, *vel* feram tibi pecuniam, *je te porteray de l'argent.*

Les verbes qui signifient demander *ou* recevoir, *veulent le nom de la chose à l'accusatif, & le nom de la personne à l'ablatif avec* à *ou* ab. *Exemple.* Accepi litteras à patre, *j'ay receu des lettres de mon pere.* Peto à te pecuniam, *je te demande de l'argent.*

Ces deux Verbes afficior *&* careo, *gouvernent l'Ablatif. Exemple.* Afficior voluptate, *Je prends du contentement.* Careo pecuniâ, *Je manque d'argent.*

Les Verbes qui signifient accuser *ou* condamner, *regissent un genitif ou un ablatif. Exemple. Accuser quelqu'un de larcin*, Insimulare aliquem furti *vel* furto. *Absoudre de larcin*, Absolverè furti *vel* furto.

Ces cinq Verbes Impersonnels, Pœnitet, pudet, piget, tædet *&* miseret *gouvernent l'Accusatif de la personne avec un Genitif, ou un Infinitif. Exemple.* Pudet me negligentiæ, *j'ay honte de ma paresse.* Non te pœnitebit studuisse, *tu ne te repentiras point d'avoir estudié.*

La construction des Verbes Acquisitifs.

STudeo lectioni, *j'étudie la leçon.* Quare? *Pourquoy?* Quia Verbum acquisitivè positum regit post se Dativum: & cum eo Accusativum, si sit Activum. *Le Verbe acquisitif gouverne aprés soy le Datif, & un Accusatif aussi s'il est Actif. Ex.* Studeo lectioni: *j'étudie ma leçon.* Faveo justo, *je favorise le juste.* Do tibi panē, *je te donne du pain.*

Comme connoist-on encore qu'il se faut servir du Datif? Si ces particules Françoises, à, au, aux, *sont mises devant le nom, sans qu'une autre regle l'empesche. Exem. J'ay dit à mon pere*, dixi patri. *Dieu a donné aux hommes*, Deus dedit hominibus. *Rendez à Dieu ce qui est à Dieu, rendez aux hommes ce qui est aux hommes.* Redde Deo quæ sunt Dei, redde hominibus quæ sunt hominum.

REGIME de l'Infinitif, des Participes, &c.

L'Infinitif, le Participe, le Gerondif & le Supin en um, *gouvernent le cas de leurs Verbes. Exemple.* Orare Deum, *prier Dieu.* Orans Deum, *priant Dieu.* Orando Deum, *en priant Dieu.* Eo oratum Deum, *je m'en vais prier Dieu.*

Pour ce qui est du Supin en u, *il se met élegamment avec un Adiectif au neutre genre. Exemple.* Mirabile visu, *chose admirable à voir.*

L'Infinitif aprés un autre Verbe.

VOlo legere, *je veux lire.* Quare? *Pourquoy?* Quia quoties duo Verba ponuntur sine Conjunctione, alterum debet esse infinitivi modi. *Quand deux Verbes sont mis sans conjonction, l'un des deux doit estre à l'Infinitif Ex.* Volo legere, *je veux lire*; credo videre *je crois voir.*

Si l'un des deux verbes signifie mouvement pour aller, il faut mettre l'autre au supin en um, *& non à l'infinitif. Ex* Eo lusum, *je vais jouer.*

Il y a de deux sortes de noms de lieu. L'appellatif qui convient à plusieurs; comme Ville, College, &c. *Le propre, qui ne convient qu'à un seul. Ce propre est ou de grand lieu, ou de petit lieu. De grand lieu, comme* France, Italie, Normandie, *& de petit lieu, comme* Paris, Rome.

L'appellatif & le propre du grand lieu veulent leurs prepositions, mais le propre de petit lieu n'en veut pas.

Du lieu où on va, pour la question Quò.

VErba significantia motum ad locum, regunt accusativum cum præpositione *in. Les verbes qui signifient mouvement pour aller en quelque lieu, gouvernent le nom de lieu à l'Accusatif avec la preposition* in. *Exem.* Eo in cubiculum, *je vais en la chambre.* Eo in Galliam, *je vais en France; & gouvernent le nom de la personne aussi à l'accusatif avec la preposition* ad: *exemp.* Eo ad præceptorem, *je vais à mon maistre*, ou *chez mon maistre.*

Ces deux substantifs, Rus *&* Domus, *& les noms propres de Villes sont mis à l'accusatif sans preposition. Exem.* Eo domum, eo rus, eo Lutetiam, *je m'en vais à la maison, aux champs, à Paris.*

Adverbes des

1. personne.	*2. pers.*	*3. pers.*
hùc,	istùc,	illùc.

Du lieu d'où l'on vient, pour la question Unde.

Verba ſignificantia motum de loco, regunt ablativum cum præpoſitione è, *vel* ex. *Les verbes qui ſignifient mouvement pour venir de quelque lieu, gouvernent le nom de lieu à l'ablatif, avec la prepoſition* è *ou* ex. *Exemple.* Venio è ſchola, *je viens de l'école.* Ex Italia, *d'Italie : & le nom de la perſonne auſſi à l'ablatif, avec la prepoſition* à *ou* ab. *Ex.* Venio à Præceptore, *je viens de chez mon Maiſtre.*

Rus & Domus, *& les noms des Villes ſont mis à l'ablatif ſans prepoſition. Exem.* Venio domo, *je viens de la maiſon :* rure, *des champs,* Lugduno, *de Lyon,* &c.

Adverbes des

1. perſonne.	2. perſ.	3. perſ.
hinc,	iſtinc.	illinc.

Du lieu par où on paſſe, pour la queſtion Quà.

Verba ſignificantia motum per locum, regunt accuſativum cum præpoſitione per. *Les verbes qui ſignifient mouvement pour paſſer par quelque lieu, gouvernent l'accuſatif, avec la prepoſition* per. *Exem.* Tranſiit per feneſtram, per Galliam, *il a paßé par la feneſtre, par la France, &c.*

Domus, *& les noms de Villes ſont mis à l'ablatif ſans prepoſition. Exem.* Tranſivit domo, Lugduno, Avenione, *il a paßé par la maiſon, par Lyon, par Avignon, &c.*

Adverbes des

1. perſ.	2. perſ.	3. perſ.
hac,	iſtac,	illac.

Du lieu où on eſt, pour la queſtion Ubi.

Verba ſignificantia quietem, regunt ablativum cum præpoſitione in. *Les verbes qui ne ſignifient point de mouvement, gouvernent le nom de lieu à l'ablatif, avec la pre-*

position in. *Exem.* Vivit in Urbe, *il vit en la Ville.* Scribit in ſchola, *Il écrit à l'école.*

Domus, *& les noms de Villes de la premiere ou ſeconde declinaiſon du nombre ſingulier ſont mis au genitif. Exem.* Studui domi, Lugduni, *j'ay étudié en la maiſon, à Lyon.*

Rus, *& les noms de Villes pluriers, ou de la troiſiéme declinaiſon, ſont mis à l'abl. Exem.* Studui ruri *vel* rure, Pariſiis, Avenione, *J'ay étudié aux champs, à Paris, à Avignon.*

Adverbes des

1. perſ.	2. perſ.	3. perſ.
hîc,	iſtîc,	illîc.

Des adverbes de lieu.

Hùc, iſtùc, illùc, cò, quò, aliquò, quorſum, *ſont mis avec les verbes qui ſignifient mouvement pour aller en quelque lieu. Exem.* Quò vadis? *Où vas-tu?* Illùc, *là.*

Hinc, iſtinc, illinc, indè, undè, *ſont mis avec les verbes qui ſignifient mouvement pour venir de quelque lieu. Exem.* Undè venis? *D'où viens-tu?* Indè, *de là.*

Hac, iſtac, illac, eà, quà, *ſont mis avec les verbes qui ſignifient mouvement pour paſſer. Exem.* Quà tranſiit? *Par où a-t-il paſſé?* Hac, *par icy.*

Hîc, illîc, iſtîc, ibi, ubi, *ſont mis avec les verbes qui ne ſignifient point de mouvement. Exem.* Ubi eſt? *Où eſt-il?* Hîc, *icy*, ibi *là.*

Nomen temporis ponitur ſolùm in ablativo in quæſtione Quandò. *Le nom de temps eſt mis ſeulement à l'ablatif en la queſtion* Quandò. *Exem.* Quandò veniet? *quand viendra-t-il?* Die Dominico, *Dimanche. Mais en la queſtion,* Quandiu, *il ſe met à l'accuſatif & à l'ablatif. Exemple. Combien a-t-il étudié?* Quandiu ſtuduit? tres horas, *vel* tribus horis, *trois heures.*

Il y a deux nombres. Le Cardinal, unus, a, um, duo, æ, o, tres, ia, quatuor, &c. *Ce nombre eſt pour la queſtion* quandiu.

Et le nombre Ordinal, primus, a, um, ſecundus, a, um, tertius, a, um, &c. *qui ſe joint à* quandò.

Nomen significans mensuram ponitur in accusativo vel ablat. *Le nom qui signifie la mesure est mis à l'accusatif ou à l'ablatif. Exem.* Longum tres ulnas *vel* tribus ulnis, *long de trois aulnes.* Altum ducentos cubitos, *vel* ducentis cubitis, *haut de deux cens coudées.* Quinque pedes latum, *vel* quinque pedibus, *large de cinq pieds.*

Nomina significantia Instrumentum quo aliquid fit, Causam propter quam, & Modum ponuntur in ablativo. *Les noms qui signifient l'Instrument avec lequel, la Cause pourquoy, & la maniere, c'est-à-dire, comment on fait quelque chose, sont mis à l'ablatif. Exem.* Ferire gladio, *frapper du coûteau.* Scribere calamo, *écrire avec la plume.* Cædere virgis, *foüetter avec des verges.* Superare diligentiâ & labore. *surmonter par diligence & travail.* Egi bonâ fide, *Je l'ay fait à la bonne foy.*

Nomen significans pretium ponitur in ablativo, *Le nom qui signifie le prix ou la valeur est mis à l'ablatif. Ex.* Emi quinque assibus. *Je l'ay acheté cinq sols.* Valet ducentis nummis aureis, *il vaut deux cens écus d'or.*

La Construction des Adverbes.

PArum vini, *un peu de vin.* Quare? *Pourquoy?* Quia quædam adverbia Quantitatis, Loci & Temporis regunt genitivum. *Quelques adverbes de Quantité, de Lieu & de Temps gouvernent un genitif.* Parum *est adverbe de Quantité & gouverne le genitif* vini.

Vivo castè, *je vis chastement.* Quare rectè dicitur? *Pourquoy est-ce bien dit?* Quia adverbium adjacet suo verbo in bono sensu. *Les adverbes sont mis élegamment avec les verbes.*

Adverbia demonstrandi regunt nominativum vel accusativum. *Les adverbes qui montrent, gouvernent le nominatif ou l'accusatif. Exem.* Ecce homo, *vel* hominem, *voilà l'homme.*

Des Prepositions.

T*Rente prepositions gouvernent l'accusatif:* Ad, apud, antè, *& les autres, comme aux parties d'oraison pag.* 88.

Quinze gouvernent l'ablatif, a, ab, abs, absque, &c.

Les prepositions in, sub, super, subter, *quand il y a mouvement, gouvernent l'accusatif; & quand il n'y a point de mouvement gouvernent l'Ablatif.*

Des Conjonctions.

COnjunctiones copulativæ & disjunctivæ, volunt antè se & post, similes casus similesque modos. *Les conjonctions speculatives & disjonctives, veulent devant & aprés soy semblables cas & semblables mœufs.*

Hæ conjunctiones, cùm, licet, ni, nisi ne, ut, si, quo, & quamvis, gaudent Subjunctivo. *Ces conjonctions demandent le plus souvent un subjonctif. Exemple.* Cùm legas, licet audias, ni *vel* nisi studueris, ne dicas, ut ames, si velis, quamvis exeas, quò possis, &c.

ABREGE' DE LA GRANDE SYNTAXE.

Augmenté des Exemples Latins & François sur chaque Regle.

De Syntaxi Nominum. *De la construction des Noms.*

NOmina substantiva, quæ ad eandem rem pertinent, conveniunt in eodem casu, ut	L*Es noms substantifs, qui appartiennent à une mesme chose, conviennent en un mesme cas, comme*

Aristoteles adolescens discipulus habuit Platonem præceptorem, Philosophum egregium. Aristote estant jeune écolier eut Platon pour Maistre, qui estoit excellent Philosophe. *Marcus Tullius Cicero, Princeps eloquentiæ.* Marc Tulle Ciceron, Prince de l'éloquence.

Substantivum regit alterum substantivum rei diversæ in Genitivo, ut	*Le substantif gouverne au genitif un autre substantif de chose diverse, comme*

Laus virtutis, &c. La loüange de la vertu.

Substantivum *Opus* indeclinabile, regit ablativum, ut	*Le substantif* Opus *indeclinable regit l'Ablatif, comme*

Non opus est arte ad hanc rem, &c. L'art n'est pas necessaire pour venir à bout de cela.

Substantivum & adjectivum conveniunt in genere, numero & casu, ut	*Le substantif & l'adjectif s'accordent en genre, en nombre & en cas, comme*

Probus scholasticus, un bon écolier. *Liber meus,* mon livre.

Præceptor docens, le Maistre qui enseigne.

Relativum cum antecedente substantivo convenit in genere & numero: casus autem pendet à Verbo sequenti, ut	*Le Relatif convient avec le substantif antecedent en genre & en nombre: quant au cas il dépend du Verbe qui suit, comme*

Legi tuas litteras quæ mihi gratæ fuerunt, J'ay leu vos lettres qui m'ont esté agreables.

Substantiva cum adjectivis laudem & vituperium significantia, in genitivo vel ablativo ponuntur, ut	*Les substantifs se mettent au genitif ou ablatif, avec les adjectifs qui signifient loüange ou blâme, comme*

Vir singularis doctrinæ, vel *singulari doctrinâ,* personnage d'une singuliere doctrine. *Puer bonæ indolis,* vel *bonâ indole,* enfant d'un bon naturel.

Ponuntur etiam poëticè per synecdochen in accusativo, ut	*Ils se mettent aussi poëtiquement par synedoche en l'accusatif, comme*

Virgo candida vultu, fille blanche de visage.

Adjectiva & verba, commodum *vel* incommodum significantia, regunt dativum, ut	*Les adjectifs & les verbes qui signifient commodité ou incommodité, gouvernent le datif, comme*

Mihi

Mihi molestum est, cela m'est fâcheux. *Tibi gratum*, il vous est agreable. *Nocet omnibus*, il incommode tout le monde.

Dativus ponitur sæpè pro accusativo vel ablativo cum præpositione, ut

Le datif est mis souvent pour l'accusatif ou l'ablatif, avec une proposition, comme

It clamor cœlo pro *ad cœlum*, cecy va au ciel. *Tibi despicior* pro, *à te*, vous me méprisez.

Adjectiva quædam verbalia, & participia activorum verborum, regunt genitivum, ut

Quelques adjectifs verbaux & participes de verbes actifs, regissent le genitif, comme

Cupidus laudis, desireux de louange. *Peritus belli*, expert au fait de la guerre. *Patiens laboris*, qui est dur au travail.

Adjectiva quæ affinitatem, similitudinem & communitatem significant, vel contrà, regunt genitivum vel dativum, ut

Les adjectifs qui signifient affinité, similitude, & communauté, ou le contraire, ont aprés soy le genitif ou le datif, comme

Affinis senectutis, vel *senectuti*, qui a affinité avec la vieillesse. *Similis patris*, vel *patri*, semblable au pere. *Commune omnium*, vel *omnibus*, commun à tout le monde.

Adverbia & verba quæ copiam vel inopiam significant, regunt aliquando genitivum, aliquando ablativum, ut

Les adjectifs & les verbes qui signifient abondance, ou indigence, regissent quelquefois le genitif, quelquefois l'ablatif, comme

Inops consilii vel *consilio*, homme sans conseil. *Dives pecoris*, vel *pecore*, riche en troupeaux. *Egens auxilii* vel *auxilio*, qui n'a point d'assistance.

Dignus & indignus regunt frequentiùs ablativum quàm genitivum, ut

Dignus & indignus *gouvernent plus souvent l'ablatif que le genitif, comme*

Dignus honore. Digne d'honneur. *Indignus injuriâ*, Qui ne merite aucun tort.

Adjectiva, & substantiva partitionem significantia regunt genitivum, ut

Les adjectifs & substantifs qui signifient partition regissent le genitif, comme

Uter horum? Lequel? *Nemo nostrûm.* Personne de nous. *Quivis hominum*, quiconque.

Sic partitionis pronomina, ut

Ainsi les pronoms de partition, comme

Quis vestrûm? Qui de vous? *Hic scolasticorum*, cet écolier. *Hæ mulierum*, ces femmes.

Adjectiva comparativi gradûs regunt ablativum: superlativi autem, genitivum pluralem, vel singularem collectivi nominis, ut

Les adjectifs du comparatif, gouvernent l'ablatif: & les superlatifs, le genitif plurier, ou le singulier du nom collectif, comme

Achilles fortior Ajace, Achilles plus fort qu'Ajax. *Virgilius doctissimus Poëtarum*, Virgile le plus docte des Poëtes. *Optimus plebis*, le meilleur du peuple. *Nobilissimus civitatis*, le plus noble de la ville.

Ablativi quidam à nullo reguntur, sed absolutè ponuntur, ut

Quelques ablatifs ne sont regis d'aucune chose, mais sont mis absolument, comme

Præceptore docente, audiant discipuli, le maistre enseignant, les écoliers écoutent.

Sic absolutè ponuntur quædam gerundia in *do*, ut

Ainsi on met absolument quelques gerondifs en do, *comme*

Crescit vitium tegendo, &c. Dissimulant le vice on l'augmente.

De Syntaxi Pronominum.

De la Syntaxe des Pronoms.

PRonomina, *Sui* & *suus, a, um*, referuntur ad personam principalem agentis

LEs pronoms Sui *&* suus a, um, *se rapportent à la personne principale de l'agent*

Alia verò, ut *is*, *hic*, *iste*, *ille*, referuntur ad personam minùs principalem patientis, ut

Mais les autres, comme is, hic, iste, ille, *se reduisent à la personne moins principale du patient, comme*

Pater suum filium se prudentem corripuit suâ authoritate; le pere de son autorité a repris son fils qui se perdoit. *Præceptor discipulum castigat propter ipsius utilitatem*, & non *propter suam utilitatem*, le Maistre chastie l'écolier pour son profit.

De Syntaxi Verborum.

De la Syntaxe des Verbes.

Nominativus & verbum conveniunt in numero & persona, ut

Le nominatif & le verbe conviennent en nombre & en personne, comme

Ego studeo, j'étudie. *Vos legitis*, vous lisez. *Illi ludunt*, ils jouënt.

Quandoque subauditur nominativus: aut aliquid ipsius vice ponitur materialiter, ut

Quelquefois le nominatif est sousentendu: ou quelque chose est mise materiellement au lieu du nominatif, comme

Audio, j'entends. *Virtus est vitium fugere*, *& sapientia prima*, *stultitiâ caruisse*: c'est une vertu de fuir le vice; & un commencement de sagesse, de n'avoir point de folie.

Duo singularia æquivalent uno plurali, ut

Deux singuliers valent autant qu'un plurier, comme

Petrus & Joannes disputant, Pierre & Jean disputent.

Nomen collectivum, quamvis sit singularis numeri, convenit per synthesin cum verbo pluralis numeri, ut

Le nom collectif, quoiqu'il soit du singulier nombre, convient par synthese avec le verbe du plurier nombre, comme

Pars scolasticorum ludunt, *pars student*, une partie des écoliers jouënt, & une partie étudient.

Verbum activum vel activè significans, regit post se accusativum, ut

Le verbe actif ou ayant une signification active, gouverne aprés soy un accusatif, comme

Ama virtutem, aimez la vertu. *Odi mendacium*, je hay le mensonge.

Interdico, magis ablativum habet, ut

Interdico, *a plûtôt l'ablatif, comme*

Aquâ & igne interdicere, défendre l'eau & le feu.

Satago *regit le genitif.* Satago rerum mearum, *j'ay soin de mes affaires.*

Deponentia ut activè significant, sic accusativum postulant, ut

Comme les deponens ont la signification active, ainsi ils veulent l'accusatif, comme

Sequor bonos, je suis les bons.

Sed *vescor, fungor, fruor, utor* & *potior*, malunt ablativum, ut

Mais vescor, fungor, fruor, utor & potior, *aiment mieux l'ablatif, comme*

Vescor pane, je vis de pain. *Fungor officio*, je m'acquitte de mon devoir. *Fruor otio*, je joüis du repos. *Potior voluptate*, je sens du plaisir.

Hæc verò, *obliviscor, reminiscor, recordor*, & *memini*, aliquando accusativum, aliquando genitivum regunt, ut

Obliviscor, reminiscor, recordor & memini, *regissent tantost l'accusatif, tantost l'ablatif, comme*

Injuriam vel *injuriâ oblivisci*, oublier une injure. *Reminisci, recordari, meminisse*, se ressouvenir.

Misereor regit genitivum, rarò dativum: *Dominor* & *auxilior*, solùm dativum, ut

Misereor *gouverne le genitif, rarement le datif:* Dominor & auxilior *le datif seulement, comme*

Miserere mei Deus, mon Dieu ayez pitié de moy. *Dominor victis*, je domine sur les vaincus. *Auxilior ægris*, je donne secours aux malades.

Verbum activum, & acquisitivè positum, regit dativum, simul cum accusativo, ut

Le verbe actif & mis acquisitivement, gouverne le Datif, avec l'accusatif, comme

Fortis sibi gloriam comparat, l'homme genereux s'acquiert de la gloire.

Verba quædam transitiva dicta: qualia sunt *Celo, rogo, doceo, vestio*, & similia, geminum accusativum postulant, ut

Quelques verbes appellez transitifs, tels que sont : Celo, rogo, doceo, vestio, *& semblables, demandent deux accusatifs, comme*

Id me celavit, il me l'a celé. *Hoc te rogo, obsecro, flagito, posco, oro*, je vous en prie instamment. *Præceptor docuit me artes*, le maistre m'a enseigné les arts. *Te docuit ludos*, il vous a appris à joüer. *Dexteram me petiit*, il ma demandé secours. Dicitur: *Afficio te injuriá*, je vous fais tort. *Induo veste Petrum*, *veste induo Petro*, & more Græco, *vestem induo Petrum*, j'habille Pierre.

Verba significantia motum *ad locum*, regunt accusativum cum præpositione.

Les verbes signifiant mouvement vers un lieu, *regissent l'accusatif avec preposition.*

Eo in Galliam ; ad præceptorem : je vais en France, je vais chez mon maistre.

Sed nomina Urbium, Oppidorumque propria cum *Rus & Domus*, sine præpositione ponuntur in accusativo, ut

Mais les noms propres des Villes & des Bourgs, avec Rus & Domus, *se mettent en l'accusatif sans preposition, comme*

Eo domum, Rus, Lugdunum, Lutetiam, je vais à la maison, aux Champs, à Lyon, à Paris.

Sic gerundia in *dum*, junguntur cum præpositione *ad* verbis significantibus motum ad locum, ut

Ainsi les gerondifs en dum *se joignent avec la preposition* Ad, *aux verbes qui signifient mouvement vers un lieu, comme*

Veni ad disputandum, je suis venu pour disputer.

Item supina in *um*, sine præpositione ponuntur, ut

Mais les supins en um, *se mettent sans preposition, comme*

Eo pransum, je vas dîner.

Verba significantia motum *de loco*, regunt ablativum cum præpositione, ut

Les verbes qui signifient mouvement du lieu d'où, *regissent l'ablatif avec une preposition, comme*

Redeo à Præceptore, è scholâ, ex Italiâ, je viens de chez le Maistre, de l'école, d'Italie.

Sed propria Urbium, oppidorumve, sine præpositione ponuntur, cum appellativis, *rus* & *domus*, ut

Mais les propres des Villes & des Bourgs se mettent sans preposition avec les appellatifs rus & domus, *comme*

Redeo Lugduno, Athenis, Lutetiâ, Româ, rure, domo; je retourne de Lyon, d'Athenes, de Paris, de Rome, de la campagne, de la maison.

Sic gerundia in *do*, ponuntur cum præpositione, sed rarò, ut

Ainsi se mettent les gerondifs en do, *avec une preposition, mais peu souvent, comme*

Venio ab arando, venio à spectando, je viens de labourer, de regarder.

Verba significantia motum *per locum*, regunt accusativum cum præpositione *per*, ut

Les verbes qui signifient mouvement par un lieu, *gouvernent l'accusatif avec la preposition* per, *comme*

Transivit per Hispaniam, il a passé par l'Espagne.

Sed nomina propria Urbium, Oppidorumve, sine præpositione ponuntur in ablativo, ut

Mais les noms propres des Villes ou des Bourgs sont mis à l'ablatif sans preposition, comme

Lugduno, Avenione transiit; il a passé par Lyon, par Avignon.

Verba significantia quietem *in loco*, ponuntur in

Les verbes qui signifient repos dans le lieu, *se mettent à*

ablativo cum præpositione, *in*, ut | *l'ablatif avec la preposition* in, *comme*

Vivit in agro, il vit dans le champ. *Degit in Germaniâ*, il demeure en Allemagne.

Sed nomina Urbium, Oppidorumque propria, primæ vel secundæ declinationis, singularis numeri, ponuntur in genitivo, cum appellativo *domus*, & quibusdam aliis, *belli*, *militiæ*, *humi*, *terræ*, *togæ*; tertiæ autem declinationis, vel pluralis numeri, in ablativo, cum appellativo *rure* vel *ruri*.

Mais les noms propres des Villes & des Bourgs de la premiere & de la seconde declinaison du singulier nombre se mettent au Genitif avec domus *& quelques autres, comme*, belli, militiæ, humi, terræ, togæ; *& ceux de la troisiéme declinaison, ou du plurier nombre, se mettent à l'ablatif, avec* rus, *qui fait* rure *ou* ruri.

Studui Romæ, Lugduni, j'ay étudié à Rome, à Lyon. *Domi legimus*, nous lisons au logis. *Rure* vel *ruri ludimus*, nous joüons aux champs. *Avenione mansimus*, nous avons demeuré à Avignon: *Athenis*, à Athenes.

Nomen *temporis* ad quæstionem *quandiù*, ponitur in accusativo vel ablativo: ad quæstionem *quando*, in ablativo tantùm, ut

Le nom de temps à la question quandiù, *est mis à l'accusatif ou ablatif: mais a la question* quando, *il se met à l'ablatif seulement, comme*

Tres annos, *menses*, *dies studui*, vel *tribus annis*, *&c.* j'ay étudié trois ans, trois mois, trois jours. *Horâ sexta surrexit*, il s'est levé à six heures.

Nomen significans *mensuram*, absolutè ponitur in accusat. vel in ablativo, ut

Le nom qui signifie la mesure *est mis absolument à l'accusatif ou à l'ablatif, comme*

Longum tres ulnas, vel *tribus ulnis*, long de trois aulnes.

Nomina significantia *causam*, *instrumentum*, *modum*. ponuntur in ablativo, ut

Les noms qui signifient la cause, l'instrument & la maniere, *se mettent à l'ablatif, comme*

Doctrinâ clarus, illuſtre en doctrine. *Gladio ferire*, frapper du couteau. *Agendum bonâ fide*, il faut agir de bonne foy.

Verba æſtimandi regunt nomina *pretii* in ablativo, ut

Les verbes d'eſtimer gouvernent les noms de prix *à l'ablatif, comme*

Emptum centum aureis, acheté cent écus d'or. *Non æſtimo decem aſſibus*, je ne l'eſtime pas dix ſols.

Sequentia verò nomina, in genitivo, *tanti, quanti, pluris, minoris, magni, minimi, plurimi, nihili, æqui, boni, aſſis, teruncii, flocci, nauci, pili*, &c. ut

Les noms ſuivans ſe mettent au genitif, tanti, quanti, pluris, minoris, magni, minimi, plurimi, nihili, æqui, boni, aſſis, teruncii, flocci, nauci, pili, &c. *comme*

Aliquid pluris aut minoris æſtimare, eſtimer quelque choſe plus ou moins. *Æqui, bonique conſulere*, prendre en bonne part.

Verbum judiciale regit ablativum, vel genitivum, ut

Le verbe judiciel regit l'ablatif ou le genitif, comme

Inſimulare, accuſer. *Arguere*, reprendre. *Damnare*, condamner. *Liberare*, délivrer. *Abſolvere aliquem improbitatis*, vel *improbitate*, *&c.* abſoudre quelqu'un de méchanceté.

Verbum paſſivum regit ablativum cum præpoſitione *à* vel *ab*, ut

Le verbe paſſif regit l'ablatif, avec la prepoſition à *ou* ab, *comme*

Virtus laudatur ab omnibus, ſed colitur à paucis, tout le monde loüe la vertu, mais peu la pratiquent.

Infinitivum verbi perſonalis regit ante ſe accuſativum, ut

L'infinitif du verbe perſonel regit devant ſoy l'accuſatif, comme

Regem venire dicebatur, on diſoit que le Roy venoit.

Eſſe pares optat caſus, ut

Eſſe *deſire meſme cas devant & aprés ſoy, comme*

Discipulus cupit esse doctus, l'écolier [illegible]

Dico præceptorem esse probum, [illegible] maistre est homme [illegible]

Verbum antecedens regit subsequens sine conjunctione in infinitivo, ut | *Le [illegible] le verbe suivant [illegible] ction à l'infinitif, comme*

Qui nescit tacere, nescit loqui, qui ne sçait se taire, ne sçait parler.

Verbum substantivum vocativum, & quæ vim eorum habent, regunt post se nominativum, ut | *Le verbe substantif, [illegible] catif, & ceux qui ont la force du verbe substantif & vocatif gouvernent après eux le nominatif, comme*

Ira furor brevis est, la colere est une fureur de peu de durée. *Perpusilli vocantur nani*, les hommes fort petits, s'appellent nains.

Sum pro *pertineo*, regit genitivum; pro *habeo* dativum: pro *affero*, geminum dativum, ut | Sum *pour* pertineo *regit le genitif: pour* habeo, *le datif, pour* affero, *un double datif, comme*

Hic liber est præceptoris, id est, *pertinet ad præceptorem*, ce livre est au maistre. *Est mihi liber*, id est, *habeo librum*, j'ay un livre. *Hæc res tibi erit laudi*, id est, *afferet laudem*, cette affaire vous fera loüer.

Hæc etiam, *do, duco, habeo, verto*, geminum dativum habent, ut | *Ces autres verbes*, do, duco, habeo, verto, *ont un double datif, comme*

Dono mihi dedit, il m'en a fait un present. *Hoc mihi honori duco*, j'estime cela à honneur. *Illi haberis ludibrio*, il se mocquera de vous. *Hoc tibi vitio vertet*, on vous en blâmera.

Impersonalia, *Est, interest & refert*, officium aut commodum significantia, regunt genitivum, ut | *Les impersonels* Est, interest *&* refert, *qui signifient office ou commodité, regissent le genitif, comme*

Non est sapientis dicere non putabam, un homme sage ne

doit pas dire, je n'y pensois pas. *Intereſt Reipublicæ*; La Republique eſt intereſſée. *Refert omnium*, il importe à tous.

Excipiuntur ſequentes ablativi: *Meâ*, *tuâ*, *ſuâ*, *noſtrâ* & *veſtrâ*: ut *meâ intereſt*, *veſtrâ refert*, qui ablativi junguntur etiam eleganter cum genitivis illis pretii, *tanti*, *quanti*, *pluris*, *&c.* ut

Les ablatifs ſuivans, Meâ, tuâ, ſuâ, noſtrâ *&* veſtrâ, *ſont exceptez*, *comme* meâ intereſt, veſtrâ refert, *leſquels ſont mis élegamment avec les genitifs de prix*, tanti, quanti, pluris, *&c.* *comme*

Pluris noſtra refert, il nous importe plus.

Quinque impersonalia, *miſeret*, *tædet*, *piget*, *pœnitet*, *pudet*, regunt accuſativum cum genitivo, ut

Cinq imperſonels, miſeret, tædet, piget, pœnitet, pudet, *gouvernent l'accuſatif avec le genitif*, *comme*

Suæ quemque fortunæ pœnitet, *peccati neminem*; chacun ſe repent de ſa mauvaiſe fortune, mais perſonne de ſon crime.

Gerundia in *dum*, junguntur cum præpoſitionibus *ad* & *inter*, ut

Les Gerondifs en dum, *ſe mettent avec les prepoſitions* ad *&* inter, *comme*

Paratus ad dicendum, preſt de dire, *Inter eundum*, en allant.

Gerundia in *do*, junguntur cum præpoſitione *in*, ut

Les gerondifs en do, *ſe conſtruiſent avec la propoſition* in, *comme*

Major labor in defendendo quàm in accuſando, il eſt plus difficile de ſe défendre que d'accuſer.

Supina in *um*, habent ſignificationem activam, ut

Les ſupins en um, *ont la ſignification active*, *comme*

Do vænum, id eſt, *vendo*, je vends.

Supina in *u*, paſſivæ ſunt ſignificationis, & junguntur cum nominibus adjectivis, ut

Les ſupins en u, *ont la ſignification paſſive*, *&* *ſont joints avec les noms adjectifs*, *comme*

Visu facilis, id est, *qui facile videri possit*, qui est facile à voir. *Impium factu*, id est, *si fiat*, impie à faire.

Verba composita regunt aliquando casus præpositionum, è quibus componuntur, ut

Les verbes composez regissent quelquefois le cas des prepositions dont ils sont composez, comme

Adire Regem, &c. Aller trouver le Roy.

De Syntaxi Participiorum.

De la Syntaxe des participes.

Participia, gerundia, & quædam supina in *um*, regunt casus suorum verborum, ut

Les participes, les gerondifs, & quelques supins en um, *regissent les cas de leurs verbes, comme*

Legens Ciceronem, lisant Ciceron. *Audiendo Præceptorem*, écoutant le Maistre. *Eo visum patrem*, je vay voir mon pere.

De Syntaxi adverbiorum.

De la Syntaxe des adverbes.

Adverbia quædam junguntur verbis, ad implendum eorum significationem, ut

Quelques adverbes se joignent aux verbes, pour remplir leur signification, comme

Celeriter currit, il court viste. *Probè curavit*, il a eu bien du soin. *Emendatè loquitur*, il parle correctement.

Adverbia quædam loci, temporis, & quantitatis regunt genitivum, ut

Quelques adverbes de lieu, de temps, & de quantité, regissent le genitif, comme

Satis eloquentiæ, assez d'éloquence. *Sapientiæ parum*, peu de sagesse. *Pridie festi*, la veille de la feste. *Ubique locorum*, par tout.

Adverbia loci. *Huc, illuc, iſtuc, quò, aliquò, quorſum,* junguntur verbis ſignificantibus motum *ad locum*, ut	*Les adverbes de lieu*, Huc, illuc, iſtuc, quò, aliquò, quorſum, *ſe joignent aux verbes qui ſignifient mouvement* vers le lieu, *comme*

Quò vadis? Où allez-vous? *Huc venio*, je viens icy.

Hinc, illinc, iſtinc, undè, junguntur verbis ſignificantibus motum *de loco*, ut	Hinc, illinc, iſtinc, undè, *ſe mettent avec les verbes qui ſignifient mouvement* du lieu, comme

Unde venis? D'où venez-vous? *Illinc*, de là.

Hàc, illàc, iſtàc, quà, junguntur cum verbis ſignificantibus motum *per locum*, ut	Hàc, illàc, iſtàc, quà, *ſont joints aux verbes qui ſignifient mouvement* par le lieu, *comme*

Quà tranſiit? Par où a-t-il paſſé? *Hàc*, par icy.

Hîc, illîc, iſtîc, ibi, ubi, &c. junguntur cum verbis ſignificantibus quietem *in loco*, ut	Hîc, illîc, iſtîc, ibi, ubi, &c. *ſe joignent avec les verbes qui ſignifient repos dans* le lieu, *comme*

Ubi eſt? Où eſt-il? *Illîc eſt*, il eſt là.

Adverbia hæc demonſtrandi, *en, ecce, hem,* regunt nominativum vel accuſativum, ut	*Ces adverbes de démontrer,* en, ecce, hem, *regiſſent le nominatif, ou l'accuſatif, comme*

En lupus in fabulâ, vel *lupum*, voilà le loup dans la fable.
Ecce homo vel *hominem*, voilà l'homme. *Hem Davus*, vel *Davum*, voilà Davus.

Heu & *ô* exclamandi, & *proh*, præter vocativum regunt nominativum & accusativum : *Hei* & *Væ* solùm dativum, ut

Ceux d'exclamation, heu, *&* ô *&* proh, *outre le vocatif, regissent le nominatif & l'accusatif; mais* Hei *&* Væ *gouvernent seulement le datif, comme*

O qualis facies ! ô quel visage ! *O rem miram !* ô la merveille ! *Hei mihi !* helas que je suis malheureux ? *Væ tibi*, malheur à toy.

De Syntaxi Conjunctionum.

De la Syntaxe des Conjonctions.

Conjunctio conjungit similes casus & similes modos, ut

La conjonction joint semblables cas & semblables mœufs, comme

Præceptor & discipulus ambulant, le Maistre & l'écolier se promenent.

Eadem est interrogativi & responsivi concordantia, ut

La concordance de la demande & de la réponse est la mesme, comme

Quid scribit ? Qu'est-ce qu'il écrit ? *Textum*, le texte.

Hæ conjunctiones, *cùm*, *ut*, cum suis compositis, & *quò* semper gaudent subjunctivo, ut

Ces conjonctions, cùm, ut, *avec leurs composez, &* quò, *se joignent toûjours au subjonctif, comme*

Studes cùm sis scolasticus, Vous étudiez étant écolier. *Fac ut benè facias*, faites en sorte de bien faire. *Adeò ut totum sit negotium*, de sorte que c'est toute l'affaire. *Quò possis tibi laudem comparare*, afin de pouvoir acquerir de la loüange.

De Syntaxi Præpositionum.

PRæpositiones quæ serviunt utrique casui, ponuntur cum accusativo, si fiat motus : si fiat quies, cum ablativo, ut

De la Syntaxe des Prepositions.

LEs prepositions qui servent aux deux cas, se mettent avec l'accusatif s'il y a mouvement; & s'il y a repos, avec l'ablatif, comme

Deus est in cælo, Dieu est au ciel. *Ascendit in cælum*, il est monté au ciel.

Præpositio *Tenus*, postponitur casibus, quasi degenerans à naturâ præpositionum, & regit ablativum; juncta autem pluralibus, sæpius regit genitivum, ut

La preposition Tenus, *est mise aprés le cas, comme si elle dégeneroit de la nature des prepositions, & regit l'ablatif : Mais estant jointe aux noms pluriers, elle regit plus souvent le genitif, comme*

Capulo tenus, jusques au pommeau. *Aurium tenus*, jusqu'aux oreilles. *Parisiorum tenus*, jusqu'à Paris. *Nubium* vel *nubibus tenus*, jusqu'aux nuës.

FIN.

EXTRAIT DU PRIVILEGE du Roy.

PAR Lettres de Privilege données à Paris le 4. Mars 1676. Signé, Par le Roy en son Conseil, DALENCE': Il est permis à SIMON BE'NARD, Marchand Libraire à Paris, d'imprimer un Livre intitulé, *Les Nouveaux Rudimens de la Langue Latine, premierement faits par le R. P. Annibal Codret de la Compagnie de* JESUS, *& depuis augmentez de quelques noms pour servir d'exemples dans chaque Declinaison: des Conjugaisons des Verbes Neutres, Deponens, & Communs, avec les Formaisons à costé de chaque Temps des Verbes, des Parties d'Oraison plus intelligibles, & à la fin, des Distiques de Caton Latin François*; comme il est plus amplement porté dans les Lettres de Privilege, & ce durant l'espace de dix années entieres & accomplies, à compter du jour qu'il sera achevé d'imprimer pour la premiere fois: & défenses sont faites à toutes personnes de l'imprimer, tant sur la presente Edition, que sur la precedente, ny d'en rien extraire, à peine de trois mille livres d'amende contenuës esdites Lettres de Privilege.

Registré sur le Livre de la Communauté des Libraires & Imprimeurs de Paris, suivant l'Arrest du Parlement du 8. Avril 1653. & celuy du Conseil Privé du Roy du 27. Fevrier 1665.

D. THIERRY, Syndic.

Achevé d'imprimer pour la premiere fois le 2. Janvier 1679.

EXTRAIT DE LA CONTINUATION du Privilege du Roy.

IL est permis à MARIE DALLIN, veuve de SIMON BERNARD, Libraire à Paris, de réimprimer pendant l'espace de 8. années consecutives, à compter du jour de l'écheance du present Privilege, un Livre intitulé, *Les Nouveaux Rudimens*, &c. Et défenses sont faites à toutes personnes d'imprimer ou faire imprimer ledit Livre, à peine de confiscation, & de deux mille livres d'amende, portée par ledit Privilege. Donné à Paris le 20. Fevrier 1688. Signé, LE PETIT.

Registré sur le Livre de la Communauté des Libraires de Paris, le 28. Fevrier 1688.

COIGNARD, Syndic.

Petit Livre tres-poli, & tres-bien fait, que l'on nomme communément CATON.

Où il est traité des preceptes necessaires pour mener une bonne vie.

AYANT remarqué qu'une infinité de personnes ont fait de tres grosses fautes dans leur façon de vivre ; la bienseance m'a obligé de leur donner quelque lumiere, à la faveur de laquelle ils puissent mener une vie honorable & accompagnée de gloire. C'est ce qui fait, mon cher Fils, que je vous veux enseigner le moyen de bien regler les passions de vostre ame. Vous rencontrerez icy cette facilité ; pourvû qu'en lisant vous compreniez ce que je souhaite : autrement ce seroit une insigne negligence, de lire sans en profiter.

Itaque Deo supplica.	*Il faut donc d'abord sçavoir qu'il y a un Dieu, priez-le.*
Parentes ama.	*Aimez vos pere & mere.*
Cognatos cole.	*Respectez vos parens & alliez.*
Magistrum metue.	*Craignez vostre Maistre*
Datum serva.	*Gardez ce qui vous aura esté donné en depost.*
Foro te para.	*Preparez-vous pour paroistre dans le barreau.*
Cum bonis ambula.	*Hantez les gens de bien.*
Ad consilium ne accesseris, ante quam voceris.	*Ne vous ingerez pas de conseiller les autres, à moins que vous n'en soyez prié,*
Mundus esto.	*Soyez propre*

A

Saluta libenter.	*Saluez volontiers.*
Majori cede.	*Ne contestez pas avec ceux qui sont plus que vous.*
Minori parce.	*N'abaissez point aussi trop ceux qui sont moindres*
Rem tuam custodi.	*Veillez à tout ce qui vous appartient.*
Verecundiam serva.	*Ne soyez pas effronté.*
Pugna pro patria.	*Combattez genereusement pour vostre patrie.*
Diligentiam adhibe.	*Soyez diligent.*
Libros lege.	*Lisez les bons livres.*
Quos legeris memento.	*Souvenez vous de ce que vous avez lû.*
Familiam cura.	*Ayez soin de vostre maison.*
Blandus esto.	*Soyez doux & affable.*
Irasci abs re noli.	*Ne vous mettez point en colere sans raison.*
Neminem irriseris, vel, Miserum ne irriseris.	*Ne raillez personne, & ne vous moquez pas des miserables.*
Mutuum dato. Cui des videto.	*Prestez de bonne grace, mais prenez garde à qui vous donnerez.*
Judicio adesto.	*Assistez au jugement des causes.*
Convivare raro.	*Ne soyez pas souvent dans les banquets.*
Quod satis est dormi.	*Ne dormez pas trop.*
Jusjurandum serva.	*Ne faussez point vostre serment.*
Vino tempera.	*Ne vous enyvrez jamais.*
Utere virtute.	*Soyez courageux.*
Nil temerè credideris.	*Ne croyez rien de leger.*
Tutè consule, aut, Tutò consule.	*Ne faites rien à la haste, ou pour mieux dire, faites tout avec assurance.*
Meretricem fuge.	*Fuyez les femmes de mauvaise vie.*

Nil mentiri debes.	*Ne controuvez quoy que ce soit.*
Bonis benefacito.	*Faites du bien a ceux qui le meritent.*
Maledicus ne esto.	*Ne soyez point médisant.*
Existimationem retine.	*Conservez vostre bonne renommée,*
Æquum judica.	*Soyez équitable dans vos jugemens.*
Parentes patientiâ vince.	*Gagnez vos peres & mere par vostre patience.*
Beneficii accepti memor esto.	*Ne soyez point ingrat.*
Ad prætorium stato.	*Frequentez la maison du Preteur.*
Consultus esto.	*Soyez fort avisé.*
Iracundiam tempera	*Moderez vous vous-même.*
Trocho lude.	*Divertissez vous honnestement.*
Aleas fuge.	*Mais fuyez les jeux de hazard.*
Nil ex arbitrio virium feceris.	*Ne mesurez pas vos actions à vos forces*
Minorem te ne contempseris.	*Ne méprisez pas vos inferieurs.*
Alia concupiscere noli.	*Ne souhaittez pas les biens d'autruy.*
Conjugem ama.	*Cherissez vostre épouse.*
Liberos erudi.	*Instruisez vos enfans.*
Patere legem, quàm ipse tuleris.	*Gardez la loy que vous avez faite.*
Pauca in convivio loquere.	*Ne soyez pas grand discoureur dans les festins,*
Illud stude, quod justum est.	*N'aimez que ce qui est juste.*
Amorem libenter ferto.	*Caressez tout le monde sans contrainte.*

SI Deus est animus, nobis ut carmina dicunt,
Hic tibi præcipuè sit pura mente colendus.
Plus vigila semper, nec somno deditus esto:
Nam diuturna quies vitiis alimenta ministrat.
Virtutum primam esse puta compescere linguam,
Proximus ille Deo; qui scit ratione tacere.
Sperne repugnando tibi tu contrarius esse;
Conveniet nulli qui secum dissidet ipse.
Si vitam inspicias hominum, si denique mores;
Cùm culpes alios, nemo sine crimine vivit.
Quæ nocitura tenes, quamvis sint chara relinque.
Utilitas opibus præponi tempore debet.
Constans & lenis, sicut res postulat esto:
Temporibus mores sapiens sine crimine mutat.
Nil temerè uxori de servis crede quærenti,
Sæpè etenim mulier, quem conjux diligit, odit.
Cùmque mones aliquem, nec se velit ipse moneri;
Si tibi sit charus, noli desistere cœptis.
Contra verbosos noli contendere verbis:
Sermo datur cunctis: animi sapientia paucis.
Dilige sic alios ut sis tibi charus amicus,
Sic bonus esto bonis, ne te malà damna sequantur.
Rumores fuge, ne incipias novus author haberi:
Nam nulli tacuisse nocet, nocet esse locutum.
Rem tibi promissam certò promittere noli:
Rara fides ideò, quia multi multa loquuntur.
Cùm te aliquis laudat judex tuus esse memento,
Plus aliis de te, quàm tu tibi, credere noli.
Officium alterius multis narrare memento,
Atque aliis cùm tu benè feceris, ipse sileto.
Multorum cùm facta senex, & dicta recenses,
Fac tibi succurrant juvenis quæ feceris ipse.
Ne cures si quis tacito se mone loquatur,
Conscius ipse sibi de se putat omnia dici.

SI Dieu est un Esprit, comme les Poëtes nous le ch ntent,
Il faut sur toutes choses que vous l'adoriez en esprit
Travaillez beaucoup, & ne vous plongez pas dans le omm il:
Car il n'y a rien qui fomente plus le crim. qu'une vie molle & dans le repo
Sçachez que ce n'est pas une petite vertu de se taire quand il est (temps,
Où il n'y a que Dieu seul qui doive estre élevé plu que luy
Prenez garde à n estre pas tantôt d'un sentiment, ta ot d'un autre,
Autrement vous ne vous accorderez jamais avec perso ne.
Si vous considerez attentivement la vie & les mœurs d'un chacun,
Pour les reprendre; sçachez qu'il n'y a personne sans défaut
Si vous avez quelque chose qui puisse nuire, defaites vous en, quoy que vous y ayez de l inclination,
Parce qu'il faut preferer le profit à toute sorte de biens.
Montrez que vous avez du courage & de la douceur quand il est ne- (cessaire.
Et par là on connoistra que vous sçavez imiter les sages qui s'accommo ent au temps sans reproches.
N'ajoûtez pas toûjours foy aux plaintes que vostre femme vous fera de vos serviteurs:
Car il arrivera souvent qu'elle haïra ceux que vous aimerez.
Avertissant une personne de quelque défaut contre son gré;
Ne laissez pas de continuer, si vous l aimez beaucoup
Ne disputez jamais contre de grands parleurs,
Qui sont toûjours en tres-grand nombre, & il s'en trouve si peu qui (soient sages.
Que l'affection que vous porterez aux autres ne prevale pas à l'amour que vous vous devez,
Et vous n'en recevrez aucune incommodité.
Si vous ne voulez pas que l'on vous tienne sur les rangs, fuyez les caquets:
Car le silence ne nuit jamais; au lieu qu'une parole est souvent tres-dangereuse.
Ne jurez pas que vous donnerez ce que vous ne tenez pas encore:
Parce que cela est presque toûjours cause que l'on est infid lle, pour le peu de foy qu'il y a aux paroles des hommes
Pesez deux fois les loüanges qu'on vous donnera,
Car le jugement que vous en ferez vaudra mieux que celuy des au- (tres.
Il faut que vous soyez porté à annoncer les bienfaits des autres,
Et fort moderé à parler des choses que vous croyez avoir bien faites.
Repassant en vostre vieillesse sur ce que quantité auront dit & fait;
Souvenez-vous de ce que vous aurez fait estant jeune
Ne vous tourmētez pas qu'il y en ait qui murmurēt sās cesse. (parle.
Dautant que c'est à faire au criminel, à croire que c'est de luy qu'on

Cùm fueris felix, quæ sunt adversa caveto:
Non eodem cursu respondent ultima primis.
Cum dubia & fragilis sit nobis vita tributa,
In morte alterius spem tu tibi ponere noli.
Exiguum munus, cùm dat tibi pauper amicus,
Accipias placidè, & planè laudare memento.
Infantem nudum cùm te natura crearit:
Paupertatis onus patienter ferre memento.
Ne timeas illam, quæ vitæ est ultima finis,
Qui mortem metuit, quod vivit perdit idipsum.
Si tibi pro meritis nemo respondet amicus:
Incusare Deum noli, sed te ipse coërce.
Ne tibi quid desit, quæsitis utere parcè:
Utque, quod est, serves, semper tibi deesse putato.
Quod præstare potes ne bis promiseris ulli:
Ne sis ventosus dum vis urbanus haberi.
Qui simulat verbis, nec corde est fidus amicus:
Tu quoque fac simile: sic ars deluditur arte.
Noli homines blando nimium sermone probare:
Fistula dulce canit, volucrem dum decipit auceps.
Cùm tibi sint nati, nec opes: tunc artibus illos
Instrue, quò possint inopem defendere vitam,
Quod vile est, carum: quod carum est, vile putato:
Sic tibi nec cupidus, nec avarus nosceris ulli.
Quæ culpare soles, ea tu ne feceris ipse:
Turpe est doctori, cum culpa redarguit ipsum.
Quod justum est petito, vel quod videatur honestum;
Nam stultum est petere, id quod possit jure negari.
Ignotum tibi, tu noli præponere notis,
Cognita judicio constant, incognita, casu.
Quum dubia incertis versetur vita periclis,
Pro lucro tibi pone diem quicumque laboras.
Vincere quum possis, interdum cede sodali:
Obsequio quoniam dulces retinentur amici.
Ne dubites, quum magna petas, impendere parva:
His etenim rebus conjungit gratia charos.

Dõnez-vous de garde de la mauvaise fortune étant dãs la prosperité; La fin ne correspondant pas toûjours au commencement.

Nostre vie si incertaine & si fragile, (tres.
Nous doit empécher de mettre nos esperances dans la mort des au-

Recevez de bon cœur le petit present que vous fera un amy de basse condition,
Et ne manquez de le loûer hautement pour le relever.

Puisque nous naissons tout nuds & dans une extréme pauvreté,
Il faut apprendre à supporter patiemment la derniere indigence.

N'apprehendez pas la mort; car la crainte que l'on en a, fait que nous perdons mesme ce peu de temps que nous avons à vivre.

S'il arrive que vos amis ne correspondent pas à vos bienfaits:
Gardez-vous bien d'en accuser Dieu, mais seulement tâchez de ne vous en point emporter (jour.

Ne faites pas le prodigue, de peur que vous n'ayez besoin quelque
Et cette seule pensée sera suffisante de vous faire conserver le bien que vous aurez. (corder d'abord;

Il ne faut pas faire demander deux fois ce que nous pouvons ac-
Ny pour paroistre civil & bien appris, se vanter partout

Si quelqu'un vous en donne à garder & qu'il vous trahisse;
Payez-le de la mesme monnoye, ce sera tromper les trompeurs.

Se servir de discours si étudiez pour approuver ce que font les autres
C'est faire comme un oiseleur, qui voulant prendre les oiseaux à la pipée flute fort agreablement.

Si vos biens ne sont pas suffisans pour tous vos enfans; (sister
Ayez soin qu'ils sçachent quelque vacation, qui les puisse faire sub-

N'ayez pas plus d'attache à une chose qu'à une autre;
Et personne ne vous accusera ny de cupidité ny d'avarice.

Ne commettez pas les fautes dont vous reprennez les autres
Car il n'y a rien de plus honteux & de plus infame.

Que vos demandes soient justes & honorables,
Car sans doute c'est une pure folie de chercher ce qu'on nous peut justement refuser.

Ne preferez pas ce que vous ne connoissez point à ce que vous sçaurez bien,
Car cecy dépend du hazard & le premier consiste dans le jugement.

Nostre vie estant accompagnée de tant de dangers qu'elle est,
Il ne faut reputer pour nostre ce que nous aurons passé.

Il est bon de laisser quelquefois remporter la victoire par un compagnon lors que nous le pouvons faire;
Car c'est un moyen tres-efficace pour conserver ses amis.

Quoy que l'on poursuive de grands emplois, il ne faut pas pour cela faire de folles dépenses:
Et il suffit de dõner peu, pour acquerir les bonnes graces d'un chacun.

Litem inferre cave, tunc cum tibi gratia juncta est,
Ira odium generat, concordia nutrit amorem.
Servorum ob culpam quum te dolor urget in iram:
Ipse tibi moderare, tuis ut parcere possis.
Quem superare potes, interdum vince ferendo,
Maxima enim morum semper patientia virtus.
Conserva potius quæ sunt jam parta labore:
Quum labor in damno est, crescit mortalis ægestas.
Dapsilis interdum notis, & charus amicis,
Quum fueris felix, semper tibi proximus esto.

LIBER SECUNDUS.

TEllluris si fortè velis cognoscere cultus,
Virgilium legito: quòd si mage nosce laborem,
Herbarum vires, Macer tibi carmine dicet.
Si Romana cupis, & civica noscere bella,
Lucanum quæras, qui Martis prælia dicet.
Si quid amare libet, vel discere amare legendo,
Nasonem petito; sin autem cura tibi hæc est,
Ut sapiens vivas; audi, quò discere possis,
Per quæ semotum vitiis traducitur ævum.
Ergo ades, & quæ sit sapientia disce legendo.

SI potes, ignotis etiam prodesse memento:
Utilius regno, meritis acquirere amicos.
Mitte arcana Dei, cælumque inquirere quid sit:
Quum sis mortalis, quæ sunt mortalia cura.
Linque metum lethi, nam stultum est tempore in omni,
Dum mortem metuis, amittere gaudia vitæ.
Iratus de re incertâ contendere noli;
Impedit ira animum, ne possis cernere verum.
Fac sumptum properè, quum res desiderat ipsa;
Dandum etenim est aliquid, cum tempus postulat, aut res.

Si vous estes en faveur ne prenez pas occasion d'intenter des procés,
Ce seroit le moyen de vous rendre odieux, au lieu que la paix nourrit l'amour

Si vos serviteurs vous donnent sujet de vous mettre en colere ;
Moderez-vous vous-même, pour pouvoir agir comme il faut à leur égard.

C'est quelquefois vaincre que d'endurer, particulierement si on pourroit faire autrement,
Parce qu'il n'y a point de vertu comparable à la patience, si on regarde les mœurs.

Sur tout il faut conserver ce que l'on a acquis par le travail:
Car s'il ne nous profite de rien, la misere nous accablera bien-tost.

Si la fortune vous favorise, n'oubliez pas vos amis,
Mais en premier lieu pensez toûjours à vous-même.

LIVRE SECOND.

S'Il arrive que vous vouliez sçavoir l'agriculture & le labourage,
Lisez Virgile sur ce sujet. Mais si vôtre curiosité vous porte plûtost à la connoissance des vertus des herbes, le Poëte Macer en a parlé doctement.

Vous pourrez apprendre de Lucain ce qu'ont fait les Romains dans les guerres tant étrangeres qu'intestines.
Ovide a beaucoup écrit de l'Amour, dont vous pourrez vous bien servir,
Mais sur tout si vôtre but principal est de vous bien posseder, & d'estre tres-sage.

Cherchez un lieu d'où le vice soit entierement banni pour y vivre :
Et par la grande lecture, vous y ferez un profit extraordinaire.

NE bornez pas le bien que vous faites dans vos seuls amis, mais faites-en aussi aux personnes inconnuës,
Et l'estime que vous en acquererez sera preferable à une couronne.

Vouloir découvrir les secrets de Dieu & tout ce qui se passe au Ciel, c'est perdre le temps.
Estant mortel comme vous étes, pensez-y soigneusement.

Il n'est pas necessaire que la crainte de la mort nous tourmête toûjours,
Et ce seroit en quelque façon une folie d'estre, à cause de cela, dans des inquietudes perpetuelles.

Si vous estes obligé de faire quelque dépense, faites-la sans contrainte,
Et sçachez que quand l'occasion se presente, il faut donner quelque chose.

Quod nimium eſt fugito, parvo gaudere memento:
Tuta mage eſt puppis modico quæ flumine fertur.
Quod pudeat, ſocios prudens celare memento:
Ne plures culpent id quod tibi diſplicet uni.
Nolo putes pravos homines peccata lucrari,
Temporibus peccata latent, & tempore parent.
Corporis exigui vires contemnere noli:
Conſilio pollet, cui vim natura negavit.
Quem ſcieris non eſſe parem tibi, tempore cede:
Victorem à victo ſuperari ſæpè videmus.

Adversùs notum noli contendere verbis:
Lis nimiis verbis interdum maxima creſcit.

Quid Deus incidat, noli perquirere ſorte:
Quid ſtatuat de te, ſine te deliberat ipſe.
Invidiam nimio cultu vitare memento,
Quæ ſi non lædit: tamen hanc ſufferre moleſtum eſt.

Eſto animo forti cùm ſis damnatus iniquè:
Nemo diù gaudet qui judice vincit iniquo.
Litis præteritæ noli maledicta referre:
Poſt inimicitias iram meminiſſe malorum eſt.
Nec te collaudes: nec te culpaveris ipſe:
Hoc faciunt ſtulti, quos gloria vexat inanis.

Utere quæſitis modicè, cùm ſumptus abundat:
Labitur exiguo, quod partum eſt tempore longo.
Inſipiens eſto, cùm tempus poſtulat aut res:
Stultitiam ſimulare loco, prudentia ſumma eſt.
Luxuriam fugito: ſimul & vitare memento
Crimen avaritiæ, nam ſunt contraria famæ.
Noli tu quædam referenti credere ſemper:
Exigua iis tribuenda fides, qui multa loquuntur.
Quòd potu peccas, ignoſcere tu tibi noli:
Nam nullum crimen vini eſt, ſed culpa bibentis.

Fuyez tout excê & contentez vous de peu, vous souvenant que l'on ne fait pas si-tôt naufrage sur les simples rivieres que sur le vaste Ocean.

Ne découvrez pas à vos compagnons ce que vous aurez honte de voir vous-mesme, Afin que vous soyez seul à le condamner.

Ne croyez pas que les crimes des méchãs soiẽt cachez pour toûjours Le temps viendra qu'ils seront exposez aux yeux de tout le monde.

Estant en colere ne disputez pas avec opiniâtreté de quelque chose dont vous doutiez : (le faux.

Car un esprit en cet état n'est pas capable de discerner le vray d'avec

Un homme n'est pas à mépriser pour n'estre pas bien robuste

Et il arrivera que la nature luy ayant dénié cet avantage, il aura un esprit hors du commun.

Cedez pour un tems à celui qui ne sera pas vôtre pareil, (le plus fort

Parce que tres-souvẽt la victoire tourne du côté de celui qui n'est pas

Ce n'est pas estre ami de vouloir l'emporter sur quiconque, voire mesme de paroles, (suites.

Car les querelles qui en arrivent, ont communément de fâcheuses

Pour sçavoir les desseins de Dieu, gardez vous bien d'en consulter les devins : (donner connoissance.

Apprenez que personne n'entre dans ses conseils, qui nous en puisse

N'épargnez quoique ce soit pour mettre bas toute sorte de rãcunes,

Car quand mesme elle ne nuiroit à personne, c'est une chose insupportable à son auteur. (été condamné injustement:

Que vostre courage ne s'abbatte en façon du monde, pour avoir

Sçachez que vôtre adversaire ne joüira pas lõg-tẽps de son avãtage.

Ne rafraîchissez jamais la memoire des paroles qui se seront dites pendant un procés :

C'est à faire à un esprit diabolique de réveiller le chat qui dort.

Ne parlez point de vous, soit pour vous loüer, soit pour vous blâmer,

Des insensez qui se flattent de quelque vaine gloire, font toûjours comme cela.

Il faut ménager le bien que l'on a acquis, particulierement si on est obligé de faire souvent des dépenses, car on dissipe en fort peu de temps ce à quoy nous avons travaillé toute nostre vie

Faites quelquefois semblant de ne rien voir, si le temps ou les affaires vous y obligent,

Ce n'est pas une prudence fort commune de bien dissimuler.

Si vous vous piquez d'honneur, & si l'estime peut quelque chose sur vostre esprit : (honnestes.

Bannissez de vostre pensée une infame avarice ; & tous plaisirs des-

Ne croyez pas de leger les rapports que l'on vous vient faire,

Parce que les grands discoureurs sont fort sujets à mentir

Ne vous pardonnez jamais les fautes que vous ferez ayant trop beu,

Et ne dites pas que c'est la faute du vin, mais la vostre uniquement.

Consilium arcanum tacito committe sodali,
Corporis auxilium medico committe fideli.

Noli successus indignos ferre molestè;
Indulget fortuna malis, ut lædere possit.

Prospice qui veniunt hos casus esse ferendos;
Nam levius lædit quidquid prævidimus antè
Rebus in adversis animum submittere noli,
Spem retine, spes una hominem nec morte relinquit.
Rem tibi quam nosces aptam, dimittere noli,
Fronte capillata est, sed post occasio calva.
Quod sequitur specta, quodque imminet ante videto,
Illum imitare Deum, qui partem spectat utramque.
Fortius ut valeas, interdum parcior esto,
Pauca voluptati debentur, plura saluti.
Judicium populi numquam contempseris unus;
Ne nulli placeas, dum vis contemnere multos.
Sit tibi præcipuè, quod primum est, cura salutis;
Tempora nec culpes, cùm sis tibi causa doloris.
Somnia ne cures: nam mens humana quod optat,
Dum vigilat sperans, post somnum cernit idipsum.

LIBER TERTIUS.

HOc quicunque cupis carmen cognoscere, lector,
Hæc præcepta feres, quæ sunt gratissima vitæ.

Instrue præceptis animum, nec discere cesses,
Nam sine doctrina vita est quasi mortis imago.

Commoda multa feres, sin autem spreveris illud,
Non me scriptorem, sed te neglexeris ipse.
Quum rectè vivas, ne cures verba malorum,
Arbitrii nostri non est, quid quisque loquatur,
Productus testis, salvo tamen ante pudore,
Quantumcumque potes celato crimen amici.

Ne découvrez point vôtre secret à un éventé, mais seulement à un compagnon qui en soit capable (sonnage.
Et que le Medecin, dont vous vous servirez, soit un tres-habile per-
Si vos entreprises ne vous réüssissent pas à souhait, ne laissez pas de prendre courage;
C'est la coûtume de la Fortune d'élever les méchans pour les faire tomber de plus haut.

Tâchez de prévenir tous les accidens qui vous peuvent arriver,
Et vous vous en trouverez bien moins incommodé,

Soyez constant & inébranlable, mesme dans les adversitez:
Et l'esperance que vous en aurez, ne vous abandonnera jamais.

Quand l'occasion se presente il ne la faut point laisser échapper;
Et sçachez qu'elle n'a des cheveux que pardevant par où on la puisse arrester, mais que par derriere elle est chauve.

Faites reflexion au temps passé, & prévenez ce qui doit arriver,
Vous serez un autre Janus qui avoit des yeux devant & derriere.

Si vous voulez joüir d'une parfaite santé, il est bon de s'épargner un peu, (vie;
Et se retirer de la volupté pour s'appliquer davantage à une longue

Ne méprisez pas vous seul ce que tout un peuple auroit approuvé
Ce seroit le moyen de vous rendre odieux à tout le monde (té:

Le soin principal que vous devez avoir, c'est de conserver vôtre san-
Et comme on est presque toûjours cause du mal que l'on souffre, il n'en faut pas accuser le temps.

Ne vous mettez point en peine, si vos songes arriveront ou non; c'est un effet de l'esprit, (le tenir déja.
Qui esperant ce qu'il souhaite en veillant, s'imagine dans le sommeil

---

LIVRE TROISIE'ME.

IL n'y a personne, cher Lecteur, qui ne retire un grand avantage de ces Vers;
Mais particulierement on y apprendra le moyen de se bien gouverner dans la vie civile.

Remplissez donc vostre esprit de belles sciences, & ne vous lassez point d'apprendre;
Car la vie d'un ignorant, n'est que l'ombre d'une mort veritable

Oüy le profit que vous retirerez de cecy sera extraordinaire:
Si vous le negligez & méprisez, ce sera a vous seul que vous ferez tort. (méchans;

Un homme de bien, qui se met fort peu en peine des discours des
Ne peut pas les empêcher de parler, ny leur fermer la bouche.

Si on vous cite pour aller en témoignage, pourvû que vous ne fassiez rien contre la bien-seance, (d'un amy.
Vous ferez bien de cacher le plus qu'il vous sera possible, le crime

Sermones blandos : blæſoſque cavere memento ,
ſimplicitas veri ſana eſt , fraus ficta loquendi.
Segnitiem fugito quæ vitæ ignavia fertur :
Nam quum animus languet , conſumit inertia corpus.

Interpone tuis interdum gaudia curis ,
Ut poſſis animo quemvis ſufferre laborem.
Alterius dictum aut factum ne carpſeris unquam ,
Exemplo ſimili ne te derideat alter.
Quæ tibi ſors dederit , tabulis ſuprema notato ,
Augendo ſerva , ne ſis quem fama loquatur.
Quum tibi divitiæ ſuperant in fine ſenectæ ,
Munificus facito vivas , non parcus amicis.
Utile conſilium Dominus ne deſpice ſervi :
Nullius ſenſum ſi prodeſt , tempſeris unquam.
Rebus & in cenſu , ſi non eſt quod fuit ante :
Fac vivas contentus , eo quod tempora præbent.
Uxorem fuge , ne ducas ſub nomine dotis :
Nec retinere velis , ſi cœperit eſſe moleſta.
Multorum diſce exemplo , quæ facta ſequaris :
Quæ fugias : Vita eſt nobis aliena magiſtra.
Quod potes id tentes : operis ne pondere preſſus ;
Succumbat labor , & fruſtra tentata relinquas.
Quod noſti haud rectè factum , nolito ſilere ,
Ne videare malos imitari velle tacendo :
Judicis auxilium , ſibi iniqua lege rogato ,
Ipſæ enim leges cupiunt ut jure regantur.
Quod merito pateris , patienter ferre memento :
Cumque reus tibi ſis , ipſum te judice damna.

Multa legas facito : perlectis perlege multa :
Nam miranda canunt , ſed non credenda Poëtæ.
Inter convivas fac ſis ſermone modeſtus ,
Ne dicare loquax : dum vis urbanus haberi.
Conjugis iratæ nolito verba timere,
Nam lacrymis ſtruit inſidias , dum fœmina plorat.

Les discours emmiellez & flatteurs déplaisent extrêmement ;
Dautant que la verité aime la simplicité, au lieu que les fourbes se couvrent par le déguisement.

Fuyez la mollesse qui rend la vie tout-à fait languissante :
Car outre que l'esprit n'a point de vigueur, les forces du corps sont comme interdites.

Il est bon de dissiper les inquietudes par quelques divertissemens,
Pour pouvoir durer plus long temps dans les fatigues.

Un esprit bien fait ne s'occupe pas sans cesse à censurer les autres,
De peur qu'on ne luy rende la pareille.

Si la fortune vous a été favorable, souvenez vous-en,
Et tâchez de l'augmenter, afin que l'on ne dise pas que vous luy devez tout.

Ayant des richesses en abondance sur la fin de vostre vie,
Faites-en part à vos amis, & ne faites pas comme une avare.

Quelque puissant que vous soyez, ne dédaignez le conseil de vostre serviteur,
Ny de quelque personne que ce soit, pourvû qu'il vous puisse estre utile.

Vostre bien & vostre revenu venant à diminuer :
Tâchez de vous contenter de ce que le temps vous donnera.

Evitez la compagnie des femmes, & sur tout ne vous mariez jamais par interest,
Et si celle que vous aurez épousée vous est insupportable, separez-vous-en.

Faites-vous sage aux dépens d'autrui, pour imiter les grãds hõmes,
Et pour fuïr les lâches : c'est là sans doute faire tres-prudemment.

N'entreprenez rien qui soit au dessus de vos forces, crainte que vous ne succombiez,
Et qu'enfin vous ne soyez obligé de tout quitter à vostre confusion.

Il est bon de vous opposer fortement aux mauvaises actions.

Quand la loy sera inique implorez hardiment l'assistance du Juge
Car les Loix mesmes veulent estre reformées selon les regles de droit.

Souffrez avec douceur & sans murmure le chastiment que vous aurez merité,
Et n'attendez jamais qu'un autre vous condamne pour avoüer vôtre faute.

Vous devez apporter un grand soin pour faire choix des lectures que vous ferez :
Parce que les Poëtes disent à la verité de belles choses, mais fort éloignées de la verité.

Moderez beaucoup vos discours en beuvant & mangeant,
Autrement vous passerez pour un jaseur, & non pas pour un homme civil.

Ne vous arrestez pas à ce que dit vostre femme en colere :
Car ce sexe est si malicieux, qu'il se sert de ses larmes pour dresser des embûches.

Utere quæsitis, sed ne videaris abuti,
Qui sua consumunt, quum deest, aliena sequuntur.

Fac tibi proponas mortem nos esse timendam:
Quæ bona si non est, finis tamen, illa malorum est.

Uxoris linguam si frugi est ferre memento:
Namque malum est nil posse pati, nec posse tacere.
Dilige non ægra charos pietate parentes:
Nec matrem offendas, dum vis bonus esse parenti.

LIBER QUARTUS.

SEcuram quicumque cupis traducere vitam,
Nec vitiis hærere animum quæ moribus obsunt:
Hæc præcepta tibi semper relegenda memento:
Invenies aliquid, quo te nitare magistro.

Despice divitias, si vis animo esse beatus:
Quas qui suspiciunt, mendicant semper avari.

Commoda naturæ nullo tibi tempore deerunt,
Si contentus eo fueris quod postulat usus.
Cùm sis incautus, nec rem ratione gubernes:
Noli fortunam, quæ non est, dicere cæcam.
Dilige denarium, sed parce dilige formam,
Quam nemo sanctus, nec honestus captat habere.
Cùm fueris locuples, corpus curare memento,
Æger dives habet nummos, se non habet ipsum.
Verbera cùm tuleris discens aliquando magistri,
Fer patris imperium, cùm verbis exit in iram.
Res age, quæ prosunt, rursus vitanda memento,
In quibus error inest, nec spes est certa laboris.
Quod donare potes, gratis concede roganti:
Nam rectè fecisse bonis in parte lucrosum est.
Quod tibi suspectum est, confestim discute quid sit:
Namque solent primò, quæ sunt neglecta, nocere.

Servez

Servez vous dans l'honneur des biens que vous aurez acquis, & n'en abusez pas,
Vous serez obligez d'en chercher ailleurs, si vous aviez tout dissipé.
Ne soyez point de ces lâches qui sont toûjours dans l'apprehension de la mort
Laquelle, si elle n'est pas bonne, au moins est elle la fin des maux de cette vie.
Ne vous fâchez pas de ce que dit vôtre femme, nommément si elle est vertueuse
Car ce n'est point un petit mal de ne pouvoir souffrir quoy que ce soit.
On doit cherir ses pere & mere d'une façon toute extraordinaire,
Et bien prendre garde de donner jalousie à l'un ou à l'autre.

LIVRE QUATRIE'ME.

QUiconque voudra mener une vie exempte de tout reproche,
Et qui soit à l'abri de toute sorte de crime :
Il faut qu'il relise de temps en temps ces vers que je vous propose
Dans lesquels il trouvera des maitres fideles, qu'il pourra suivre avec assurance.
Sur tout pour vivre sans inquiétude, les richesses ne nous doivent pas tourmenter l'esprit,
Parce que la vie d'une personne avare est une continuelle langueur.
Nõ, il ne se trouve pas que l'on puisse mãquer des necessitez de la vie
Pourveu que l'usage que l'on fait de son bien, ne soit point dans quelque extrémité.
Si vous faites quelque chose sans raison & comme feroit un étourdi,
N'en accusez pas la fortune, en disant, c'est un aveugle,
Ne méprisez pas un peu de profit, mais que la beauté n'ait pas d'empire sur vous :
Tous ceux qui ont estimé l'honneur & la pureté luy ont toûjours secoüé le joug.
Ayez plus de soin de la cõservatiõ de vôtre sãté que de vos richesses,
Car un riche malade a des pistoles, il est vray, mais il ne se possede pas luy-mesme.
Quoy que vous ayez esté chastié de vostre Maistre estant aux écoles;
Ne laissez pas d'obeïr à vôtre pere, particulierement s'il se met en colere.
Faites ce qui sera bon à faire, & quittez toutes mauvaises entreprises
Dãs lesquelles il n'y a aucune espérãce; que le travail soit avãtageux.
Donnez sans interest ce qui sera en vôtre puissance d'executer;
Car c'est en quelque façon gagner, que d'obliger les gens de bien.
Pensez attentivement à ce que vous aurez suspect;
D'autant qu'il arrive de grands malheurs de ce que l'on neglige au commencement.

Cùm te detineat Veneris damnosa voluptas,
Indulgere gulæ noli, quæ ventris amica est.
Cùm tibi proponas animalia cuncta timere,
Unum hominem tibi præcipio plus esse timendum.
Cùm tibi prævalidæ fuerint in corpore vires,
Fac sapias: sic tu poteris vir fortis haberi.
Auxilium à notis petito, si fortè laboras:
Nec quisquam melior medicus quam fidus amicus.
Cùm tu sis ipse nocens, moritur cur victima pro te?
Stultitia est morte alterius sperare salutem.
Cùm tibi vel socium, vel fidum quæris amicum?
Non tibi fortuna est hominis, sed vita petenda.
Utere quæsitis opibus, fuge nomen avari,
Quid tibi divitiæ prosunt, si pauper abundas?
Si famam servare cupis, dum vivis, honestam,
Fac fugias animo quæ sunt mala gaudia vitæ.
Cùm sapias animo, noli irridere senectam:
Nam quicumque senex, sensus puerilis in illo est.
Disce aliquid, nam quùm subitò fortuna recedit,
Ars remanet, vitamque hominis non deserit unquam.

Perspicito cuncta tacitus; quid quisque loquatur,
Sermo hominum mores & celat, & indicat idem.

Exerce studium, quamvis perceperis artem;
Ut cura ingenium; sic & manus adjuvat usum,
Multùm ne cures venturi tempora fati:
Non timet in mortem qui scit contemnere vitam.
Disce, sed a Doctis: indoctos ipse doceto:
Propaganda etenim rerum doctrina bonarum.
Hoc bibe quod possis, si tu vis vivere sanus,
Morbi causa mali est homini quandoque voluptas.
Laudaris quodcumque palàm, quodcumque probaris
Hoc vide ne rursus levitatis crimine damnes.
Tranquillis rebus quæ sunt adversa caveto:
Rursus in adversis melius sperare memento.

Si vous estes porté de vostre naturel à quelque plaisir deshonneste,
Soyez extrêmement sobre, à cause que la gourmandise est la mere de bien des vices.

Si vous vous proposez de vous donner de garde de tous les animaux,
Je vous donne avis que l'homme est le plus dangereux de tous.

N'attendez pas à être sage que vos forces soient tout à fait affoiblies
Pour acquerir la réputation d'un homme courageux.

Ne craignez pas de rechercher l'assistâce de vos amis dans le besoin
Dans la pensée que vous devez avoir, qu'un veritable ami ne s'épargnera pas.

Un coupable ne doit pas permettre qu'un autre donne sa vie pour luy.
Il n'en mettra pas pour cela sa vie à couvert & en assurance.

Lors que vous voudrez faire habitude ou lier amitié avec quelqu'un
N'en considerez pas les grands biens, mais seulement si sa vie est honorable.

C'est le fait d'une infame avarice, d'enfermer ses moyens,
Et c'est souffrir une indigence extrême dans une extrême abondance.

Pour conserver durant la vie une bonne reputation,
Il se faut exempter dans ce temps, de tous plaisirs dereglez.

Que la vigueur d'une santé parfaite ne vous fasse pas mocquer de la vieillesse,
Car pour estre dans cet âge, on n'en a pas l'esprit moins fort.

Il faut apprendre quelque chose qui nous demeure, la Fortune nous abandonnant,
Dont nous puissions nous entretneir pendant toute nostre vie.

Faites reflexion sans rien dire sur ce que chacun sçait dire,
Parce que d'un même discours on découvre les façons de faire d'un homme.

Exercez-vous dans la profession que vous aurez acquise :
Car si les affaires font un bel esprit, l'exercice ne fait pas peu au corps.

Ne soyez pas dans de continuelles pensées de ce qui vous arrivera,
Un homme qui sçait mépriser la vie, n'apprehende pas la mort.

Apprenez de ceux qui vous peuvent enseigner, & enseignez les autres
Car il faut aggrandir les connoissances que l'on a des belles choses.

Pour éviter les maladies, il faut fuir tout excês de bouche :
Qui pour l'ordinaire est tres nuisible au corps humain.

Ayant loué & approuvé quelque chose en public,
Prenez garde qu'ensuite, par une insigne legereté vous ne la condamniez comme mauvaise.

Défiez-vous toûjours de la Fortune, lors qu'elle vous rira,
Et si elle vous est adverse, relevez vôtre courage par l'esperance.

Diſcere ne ceſſes, curâ ſapientia creſcit:
Rara datur longo prudentia temporis uſu.
Parcè laudato: nam quem tu ſæpè probaris,
Una dies, qualis fuerit, monſtrabit amicus.
Ne pudeat, quæ neſcieris, te velle doceri:
Scire aliquid laus eſt: pudor eſt nihil diſcere velle.
Cum Venere & Baccho ſimul eſt & juncta voluptas,
Quod lautum eſt, animo complectere: ſed fuge lites.

Demiſſos animo ac tacitos vitare memento.
Quà flumen placidum eſt, forſan latet altius unda.
Cum tibi diſpliceat rerum fortuna tuarum,
Alterius ſpecta quo ſcis diſcrimine pejor.
Quod potes id tenta, nam littus carpere remis,
Tutiùs eſt multò, quàm velum tendere in altum.
Contra hominem juſtum pravè contendere noli:
Semper enim Deus injuſtas ulciſcitur iras.

Ereptis opibus noli mœrere dolendo:
Sed gaude potius tibi ſi contingat habere.

Eſt jactura gravis quæ ſunt amittere damnis:
Sunt quædam quæ ferre decet patienter amicum.

Tempora longa tibi noli promittere vitæ,
Quocumque ingredieris ſequitur mors, corpus ut umbra.
Thure Deum placa, vitulum ſine creſcat aratro:
Nec credas placare Deum, dum cæde litatur.

Cede locum læſus, ſi lubet cede potenti,
Lædere qui potuit, prodeſſe aliquando valebit.

Quum quid peccaſti; caſtiga teipſe ſubindè:
Vulnera dum ſanas, dolor eſt medicina dolori.
Damnaris numquam poſt longum tempus amicum:
Mutavit mores, ſed pignora prima memento.
Gratior officii quò ſis mage, charior eſto,
Ne nomen ſubeas, quod dicitur officiperda.

Vostre sagesse se proportionnera aux efforts que vous ferez d'apprendre, (un long usage,
Et vostre prudence sera rare, si vous vous efforcez de l'acquerir par

Ayant donné plusieurs fois vostre approbation à un amy, demeurez-en là : Car peut-estre qu'une seule journée suffira pour faire épreuve de ce qu'il faut faire.

N'ayez point de honte d'apprendre ce que vous ne sçaurez point,
Ce desir est loüable ; & le contraire est tout-à-fait honteux.

Aprés que vous aurez pris quelque divertissement,
Fuyez toute parole & ne faites que ce qui sera plaisāt à la cōpagnie.

Ne frequentez pas des personnes mornes, & qui révent sans cesse:
Car l'eau qui dort est toûjours la pire & la plus dangereuse.

Si vôtre mauvaise fortune vous déplaît & met en mauvaise humeur
Faites reflexion sur celle d'autruy, & vous verrez que vous ne serez pas le plus miserable.

N'entreprenez point des affaires dont l'évenement vous paroisse douteux ; Parce qu'il est plus seur de garder le rivage, que de voguer en pleine mer. N'émouvez point de querelles à un homme de bien par malice. Vous trouveriez que Dieu prendroit sa cause pour vous punir rigoureusement.

Vos richesses vous ayant esté emportées ne vous laissez pas accabler de tristesse, (ment.
Mais si vous avez quelque avantage, réjoüissez vous-en honneste-

C'est une perte tout à-fait sensible de perdre son bien par quelque fourbe,
Et pour lors il faut qu'un ami ait une grande patience pour n'en rien dire à son ami.

Il ne se faut point imaginer que l'on doive vivre des siecles ;
Puis que la mort nous suit en quelque lieu que nous allions, comme l'ombre fait le corps.

Tâchez d'appaiser la colere de Dieu par vos actions, sans luy sacrifier des animaux.
De seules victimes de cette sorte n'en sçauroient entierement venir à bout. Il faut ceder aux puissances & leur quitter la place, ne leur pouvant resister; (ailleurs.
Dans la pensée que vous ayant fait injure, ils vous pourront obliger

Quand vous aurez fait quelque faute, tâchez de vous en corriger peu à peu ;
Il n'y a pour cela rien de meilleur que de la regretter pour la corriger.

Aprés un long temps, ne condamnez pas le procedé peut être injuste d'un amy : (tions que vous luy avez.
Il a changé de façon de faire, souvenez-vous uniquement des obliga-

Pour rendre vostre service plus agreable, faites-vous aimer ;
Autrement tout ce que vous feriez seroit inutile & sans profit.

Suspectus causas ne sis miser omnibus horis;
Nam timidis & suspectis aptissima mors est.
Cùm servos fueris proprios mercatus in usus,
Et famulos dicas, homines tamen esse memento.
Quam primùm rapienda tibi est occasio prima:
Ne rursus quæras quæ jam neglexeris ante.
Morte repentinâ noli gaudere malorum:
Fœlices obeunt, quorum sine crimine vita est.
Cùm tibi sit conjux, nec res & fama laboret,
Vitandum ducas inimicum nomen amici.
Cum tibi contigerit studio cognoscere multa,
Fac dicas multa, & vites nil velle doceri.

Miraris verbis nudis me scribere versus?
Hos brevitas sensus fecit conjungere binos.

FINIS.

AD LECTOREM.

Discere ne pudeat moralia disticha, cultus
Si nitidos animo vis adhibere tuo.
Quo nobis dono sit concessuque deorum
Nil optabilius nobiliusque datum.

Sume tibi Lector, non fastidivit Erasmus;
Et Docti scholiis explicuêre suis.

Vis numero dicam? non sunt præcepta Platonis,
Et Stagiritani commodiora Sophi,

Estant suspect à quelqu'un, donnez-vous en de garde, pour n'estre pas dans de continuelles apprehensions,
Parce qu'un homme en cet état ne semble rechercher que la mort.

Ayant acheté des esclaves pour vôtre usage & pour vôtre service:
Pensez qu'ils ne laissent pas d'estre homme comme vous.

Prenez l'occasion aux cheveux lors qu'elle se presente,
Et ne negligez rien d'abord, pour en estre en peine aprés.

Il ne faut pas se réjouïr de la mort imprévûë qui arrive aux impies
Non, il n'y a que les gens de bien dont la mort soit heureuse.

N'ayant pas beaucoup de bien dans vôtre ménage, & vôtre reputation estant en danger,
Fuyez ces amis, qui ne vous rendent visite que pour cajoler.

L'étude vous ayant acquis beaucoup de belles connoissances:
Faites-en part à d'autres, & ne refusez jamais d'apprendre de qui que ce soit.

Vous vous étonnerez d'un genre d'écrire si court & si peu étendu;
Mais c'est que j'ay voulu renfermer beaucoup de choses dans deux Vers seulement.

FIN

AU LECTEUR.

N'ayez pas de honte d'apprendre ces Distiques, qui parlent des mœurs,
Si vous avez envie de perfectionner vostre esprit,
C'est bien le plus noble present qne le Ciel nous ait fait
Pour la vie civile, & il n'y a rien de plus souhaitable.

Servez-vous-en, cher Lecteur, Erasme, tout sçavant qu'il estoit ne les a pas dédaignez,
Ny quantité de sçavans personnages, qui les ont expliquez par leurs Commentaires.
Enfin je vous diray en un mot, que Platon, ny Aristote,
N'ont rien fait de plus avantageux pour servir au public.

www.ingramcontent.com/pod-product-compliance
Ingram Content Group UK Ltd.
Pitfield, Milton Keynes, MK11 3LW, UK
UKHW031906260826
14628UKWH00003B/1020

9 782329 459844